BBC

DOCTOR WHO

Prisoner of the Daleks

戴立克之囚

[英] 特雷沃 · 巴克森代尔 / 著

吕灵芝 / 译

新 星 出 版 社 NEW STAR PRESS

著作版权合同登记号：01-2019-5625

图书在版编目（CIP）数据

戴立克之囚 / （英）特雷沃 · 巴克森代尔著；吕灵芝译 . —北京：新星出版社，2020.6
（神秘博士）
ISBN 978-7-5133-3990-2
Ⅰ . ①戴… Ⅱ . ①特… ②吕… Ⅲ . ①长篇小说－英国－现代 Ⅳ . ① I561.45
中国版本图书馆 CIP 数据核字 (2020)第 053793 号

戴立克之囚

［英］特雷沃 · 巴克森代尔 著；吕灵芝 译

责任编辑： 杨　猛
特约编辑： 姚　雪　康丽津
责任印制： 李珊珊
装帧设计： 付　莉

出版发行： 新星出版社
出 版 人： 马汝军
社　　址： 北京市西城区车公庄大街丙 3 号楼 100044
网　　址： www.newstarpress.com
电　　话： 010-88310888
传　　真： 010-65270449
法律顾问： 北京市岳成律师事务所

读者服务： 010-88310811　service@newstarpress.com
邮购地址： 北京市西城区车公庄大街丙 3 号楼 100044

印　　刷： 北京华联印刷有限公司
开　　本： 910mm × 1230mm　1/32
印　　张： 8.625
字　　数： 165千字
版　　次： 2020年6月第一版　2020年6月第一次印刷
书　　号： ISBN 978-7-5133-3990-2
定　　价： 42.00元

序　言

对我而言，《戴立克之囚》的创作过程极为愉快。从某些方面来说，这是我接手的最好写的一本《神秘博士》小说。

不过，我一开始并不这么想。当接到邀稿时，我深感责任重大。这可是戴立克！再加上由大卫·田纳特饰演的博士！他独自一人，没有同伴，故事也没有提到时间大战和当时正在播出的剧集……哦，有太多地方可能出错了。能接到邀请来创作小说，我感到受宠若惊，并且极为荣幸。因为这是很多很多年以来，第一本以戴立克为主角的长篇原创《神秘博士》小说。既然委以重任，那我得好好干。

在这里介绍一点儿背景知识：为了庆祝和展示《神秘博士》中最出名的怪物，有一系列原创小说即将在电视“特辑”这一年——也就是极具人气的第十任博士辉煌的最后一年出版。我应邀创作的小说就是其中之一。

当然，该系列还包含了其他的怪物。不过，这本小说的主角可是戴立克——博士永远的劲敌、《神秘博士》中最重要的怪物、除博士和塔迪斯以外人人皆知的形象。

我完全可以预料到自己会紧张得无法动弹。我能构思出一个足够好的故事吗？一个戴立克与博士平分秋色的有趣故事？一个可以令剧集的新、老粉丝都满意的故事？还要兼顾普通读者和忠实读者。至少，这听起来可不容易。

不过，总的来说，创作这本小说的过程并没有那么艰难，因为我是一气呵成的。早在我还是……哦……早在乔恩·珀特维[1]还是博士的时候，我就开始酝酿这个故事了。小说几乎是水到渠成的，其中的角色我在构思之前就早已熟知。

还有戴立克……它们写起来真是令人愉快！它们纯粹、无情、残忍，声誉毫无挽回的余地。它们是戴立克，所有人都知道它们是什么样的。

我刚才提到了乔恩·珀特维（好吧，没人会随口提到乔恩·珀特维，你得满怀敬意地说出那个名字）。当我还是个敏感瘦弱的孩子时，我认识的第一位博士就是他。现在，我已是一名敏感瘦弱的成年人，由他主演的部分剧集情节依旧会从我的潜意识里浮现出来，其中一集是《戴立克之星》（那是1973年播出的剧集[2]，如果你还记得或感到好奇的话）。我屏住了呼吸，惊恐万分、忐忑不

1. 第三任博士的扮演者。
2. 老版《神秘博士》剧集第十季第四集。

安地看到在条件极度恶劣的魂顿星[1]上，博士（当时我们都管他叫“神秘博士”）被囚禁在戴立克基地的深处。我简直想不出还有什么比这更危险的状况了。博士被抓住了！被戴立克抓住了！他完蛋了！（我说了我很敏感）

剧集中还有一些其他的细节：零下温度对戴立克的影响、帮助了博士（或者说拖了后腿）的有胆量的一群人，还有无比勇敢的同伴。所有情节都深深镌刻在我的脑海中，而我明白自己得在这本讲述戴立克的小说里向他们致敬。至少，为了那个八岁的自己，我也要这样做。

《戴立克之日》里的审讯场景也深深震撼着我年幼的心灵（那是1972年播出的剧集[2]，那时的我甚至更敏感）。博士遭人绑在桌子上，完全任凭他的劲敌摆布。他一反常态地仰面朝天，遭受审讯者的百般折磨，而没有人比戴立克更懂得折磨了。

对，我得在小说里把审讯场景加进去。

这些年来，其他的想法也填充进了我脑中的完美戴立克故事。我想进入戴立克的内心——无论字面意思还是象征意思。透过戴立克的外壳窥视存活在里面的可怕生物，这种感觉就像是翻开一块潮湿的石块，想要寻找长在底下的某种东西一样，没有什么比这更令人厌恶和不寒而栗了。可我并不满足于看见它——我们已经知道

1. 魂顿人居住的行星，后被戴立克占领。
2. 老版《神秘博士》剧集第九季第一集。

里面那变异的家伙长什么样了——我想去面对它。我想让博士坐下来，与以真面目示人的戴立克展开一对一的、不受打扰的谈话。

令我感到惊讶的是，博士很少有机会与戴立克对话。他有时会跟戴沃斯[1]交谈或争吵，但从未与真正的戴立克对话。戴立克冲博士大吼大叫，想要杀死他；博士则与之对抗，并击败它们，但两者从未停下来好好聊一聊。当然，那主要是因为戴立克通常都不善言辞。不过，在这本小说里，我需要有一个能够坚持自己立场的戴立克与最后一位时间领主对抗。它必须是凭借自身力量而存在的独一无二的角色。它不是脱离外壳后奄奄一息的残余物，而是戴立克的领导者，会让其他的戴立克感到害怕。

这个角色已在我的脑海中成形：臭名昭著的戴立克审讯官——为了审讯被俘获的博士而出现。它将是一个天才的、恶毒的、最具领袖气质的戴立克。可是，我该叫它什么呢？它需要一个名字，而戴立克一般没有名字（除非碰巧是极为私密且尚未形成的斯卡罗信徒[2]中的一员）。我也不想沿用那些已有的名字，它的名字必须包含某种意义。在很长一段时间里，我都管笔下这个戴立克叫“戴立克X”，希望自己以后会给它取个恰当的名字。经过反反复复的思考，花了好长时间盯着手写的便条，我才突然意识到，显而易见的完美名字就摆在我的眼皮底下。

1. 戴立克的创造者。

2. 由四个戴立克组成的秘密组织，成员分别叫作萨克、坎、贾斯特和泰。

你将在这本书中遇见它，我希望你能喜欢这个戴立克。

我希望你也喜欢书中其他的角色：强硬的太空船长乔恩·鲍曼（我原本想叫他亚契，但后来发现太空中已经有一位亚契舰长[1]）、与社会格格不入的船员们，以及活泼可爱的斯黛拉——她在小说中将充当博士的“客串”助手，在他独自旅行时填补同伴的空缺。博士喜欢她，我喜欢她，希望你也喜欢她。等翻开书你就知道她的表现如何了。

有机会能够创作这本小说，我感到非常荣幸，希望故事中的博士和戴立克没有辜负大家的期望。

特雷沃·巴克森代尔

2013年10月

1.《星际迷航》中“进取号”星舰的舰长乔纳森·亚契。

致玛蒂娜、卢克和康妮——永远

序　幕

这是一颗被人遗忘的行星。

在已知的太空边境内，这颗行星就像是群星中的一粒微尘。整颗星球处在永恒的昏暗之中，最近的恒星也只是地平线上一团遥远的蓝光。

这颗行星位于旧世界与远方未知的星域之间。人类曾居住在这里，把它当作中转站，一心想要拓展宇宙的边界。

在满是尘埃的行星表面上，散落着人们匆忙离去时丢弃的残骸：空荡荡的装配式房屋、锈迹斑斑的机器、久未打理而脆弱不堪的塑料组件。电脑全都进入休眠状态，在离线模式中失去了作用。

不过，即便如此偏远且遭人遗忘，这个地方也能变得无比重要——就看访客是谁。

并没有风来叨扰这里长年沉积的灰尘，可是，在某处僻静的角落里，不知从哪儿吹来了一阵微风。从铺路石板的缝隙中冒出来的低矮小草，此时全都瑟瑟发抖地缩起身子。突如其来的嘈杂噪声在周围建筑群的墙壁间回响，接着声音渐渐增大成了呼哧哀鸣。与此同时，一个高大的蓝盒子凭空现出形来。

塔迪斯的大门砰地打开，博士跳了出来，看起来十分烦躁。

“好了！我受够了！”他大叫道，“我忍无可忍了。你到底怎么回事？”

塔迪斯没有回应。

博士把双手插进裤兜，噘起下嘴唇，“自从我们离开地球以来，你就变得很奇怪。到底怎么了？是旧维度稳定器里卡了点儿沙子，还是相对时间滤波器的链齿磨损了？”

塔迪斯还是没有回应。

博士叹了口气，“你这家伙害我花了一大笔修理费。如果一台经典款塔迪斯在每次着陆时总是要偏离时间轨道，那我还怎么开它？”

博士慢慢注意到了自己所处的环境，仿佛寂静用难以置信的方式委婉地清了清嗓子。

他转过身，脚上的帆布鞋已经落了灰。他打量着空荡荡的建筑和破烂的机器，然后抽了抽鼻子。“我们在哪儿？”他大声地说，“我到底干吗要一直自言自语？”

他生气地瞪了塔迪斯一眼，锁上了门。“你现在都不带我去有意思的地方了。”他咕哝着，随后又放松了一些，微笑着轻抚警亭，“我在跟谁开玩笑呢？总有一些有意思的事情的……”

他漫无目的地走在小路上，喊了几声：“你好啊！”随后，他再次喊道：“有人吗？”

没有人回应。

“你好啊！”他又喊了一遍，却只得到一模一样的回声。在他的头顶上空，除了一层灰蒙蒙的薄雾，就只剩下一片深空和远处的中子星。

“呵。”他哆嗦了一下，有点后悔刚才没从塔迪斯里把风衣拿出来。他艰难地往前走了走，来到一座锈迹斑斑的钢制平台前，那上面摆着一块布满划痕的老旧显示屏。他敲了几下键盘，但显示屏没有任何反应。他又一掌拍了下去，它还是没有反应。

音速起子只用几秒钟就解除了电脑终端的休眠状态。片刻之后，屏幕发出的清冷光芒笼罩在博士的脸上。异常模糊的图形打着旋儿显现出来：

欢迎来到北极星第 479 号站

“好吧，真是谢谢你，”博士回答道，“到这儿来挺好的，对吧？”

他戴上眼镜，开始浏览数据。

“啊，有点儿意思。”他微笑着点点头，“难怪这地方如此荒凉，这里绝对有……哦……好久好久没人涉足了。宇宙的这一片区域再也不需要加油站了，对吗？结果就留你这个可怜的电脑界面孤零零地在这儿。”

他用音速起子深入查找着电脑的数据库。“哎呀，这里面是怎么回事？有人把你的独立子程序瞎搞了一通，对不对？”

博士皱起眉头，四处寻找离他最近的出入口。“我最好看看你的操作硬盘有没有受到破坏。”他咕哝道，“像这样的地方可不能乱套，否则影子宣言[1]的健康与安全部会恨死你。”

音速起子一下就把门打开了。博士走进去，发现里面很冷，还散发着一股金属和燃油的气味。轮廓鲜明的尖角让他联想到了地球上废弃的旧精炼厂。他快速走下楼梯井，橡胶鞋底踩在金属台阶上嘎吱作响。

博士从口袋里掏出小手电筒，打开之后，光束照亮了布满铆钉和废弃电缆的墙面。底下比上面还要冷，阴影处挂满了厚厚的蛛网。他拨开蛛丝，惊得一群蜘蛛立刻四处躲藏，它们移动着细细的长脚匆匆掠过天花板。博士避开一些较大的蛛网——他惹恼过足够多的蜘蛛，早就学会了对它们敬而远之。

再往里走，他来到一条空荡荡的通道里，混凝土地面上堆着石块和灰尘。他把小手电筒往四处照了照，然后发现了一行字：

电脑数据核心

未经许可禁止入内

---

1. 外太空警察，详见新版《神秘博士》剧集第四季第十二集。

入口的大门上了锁，不过博士轻易就打开了。事实证明，音速起子能应付他所需要的一切授权。

“奇怪。”博士大声说道，声音在密闭的空间里听起来很单薄。房间里没有电脑终端，也没有任何数据核心的踪迹。

有个东西吸引了博士的注意：它又白又滑，半掩在看起来像是衣物的一堆碎布里。小手电筒的光刚扫到一块骨头，博士瞬间就认出那是一具人骨。尸体缩成一团靠在他面前的墙上，已经彻底化为白骨，仅剩的部分干皮将骨架维持成人形。尸体上还残留着部分连体工作服，破烂的布料塞在一双开裂的塑料长靴里。

博士跪在尸体旁开始检查，但其身份无从分辨。“你生前在这里干什么，嗯？”他严肃地说，“可能跟我一样爱管闲事……”

突然，他身后的大门轰然关闭了。

博士猛地跳起来跑去开门，却发现门已经锁上了。他又重新用音速起子试了一次，可并不起作用。“门密封锁死，再加上生了锈，”他懊悔地嘀咕道，“反正今天就不是我的幸运日，对吧？”

他从门口退开，看了看这间牢房——因为这里突然就变成了牢房——想找到其他的出口。当然，根本没有出路。他被困住了，除了那具干尸以外再无同伴。没有办法出去，也没有人知道或在乎他在这里。

“好样的，博士。”他对自己庆贺道，“现在你就只能坐在这儿等了。一定是有什么人设置了关门程序，他们必然会时不时地过来检查一下陷阱，看看自己抓到了什么。”

他沮丧地盯着那具白骨，“很快就会来了……”

1

“别孩子气了。”斯黛拉说。

“哎哟！我没有孩子气！哎哟！哎哟！哎哟！”史克鲁姆想要抽回他的胳膊，却被斯黛拉牢牢地抓着。

她用消毒湿巾轻轻擦拭伤口，然后对他露出灿烂的笑容，“你瞧，都搞定啦！”

史克鲁姆缓缓把胳膊收回来，似乎有点难以置信。他前臂上的伤口看起来有些红肿，不过已经清理干净了。“你就不能再做点儿别的什么？”

“要截肢吗？”斯黛拉调皮地问。

“说真的，你要知道，伤口还是很痛啊……”

斯黛拉翻了个白眼，“要不给你冷冻处理一下？”

“那是做什么？”

“大约在半秒钟内把你的体温降到绝对零度，从字面意思上来说就是瞬间冷冻。等我们把你带到拥有合适医疗设备的星球上，再让医生给你解冻治疗。”她笑起来，“别这么担心呀，史克鲁姆，我只是开玩笑罢了。我才不会把冷冻处理装置浪费在你这个大笨蛋身上，那都是应急用的。”

“好吧，你赢了。”

“接着。”斯黛拉朝他扔了一袋塑料包装的绷带，打在了他的脑门上，“最后一袋战地止血包了，全是你的啦，男子汉。”

“你别取笑我，”史克鲁姆说，“我没受过战斗训练，也一点儿都不喜欢打仗。我只是个电脑技术员，不是士兵。”

他们坐在飞船的医疗舱里。这里实在太小了，根本称不上医务室，里面只够放一张狭窄的床铺、几台电脑、储备的药品，以及斯黛拉坐的那张转椅。她转过去拿起水杯，“算你走运，还没丢掉胳膊，”她喝了一口水后对史克鲁姆说，“要是再偏几厘米，你就只能当个独臂程序员了。”

史克鲁姆愁眉苦脸地看了一眼自己的胳膊，用牙撕开了战地止血包的袋子。他看上去比平时更矮小了。史克鲁姆个子不高，有点发胖，眼神忧郁，年纪轻轻就有了白发。他把稀疏的头发全梳到脑后，扎成一束短马尾。很久以前，为了在女人的眼里看起来更“有趣”，他把发梢染成了绿色。如今，他所做的努力只剩下这么点儿了。

斯黛拉放下水杯，问道：“你怎么了？跟我说说呗。”

“我刚才差点把我们所有人都害死。”他轻声说着，抬头看向斯黛拉，“那甚至算不上是正式任务，只是海盗设下的愚蠢的陷阱，而我却差点把我们所有人给害死。”

“忘了那件事吧。你还活着，我们还活着，这才是最重要的。正如我所说，你很走运，我们向来都很走运。”

他叹了口气，“总有一天我们的运气会花光的。”

“我们可以自己创造运气啊。走吧，我们去找点儿东西吃。”她带头走进了通往厨房的狭窄通道。

“鲍曼不会这么想的，他并不相信运气。”史克鲁姆跟在后面，边走边把绷带压到伤口上。

“那我去跟鲍曼说。”斯黛拉提议道。

一个身着迷彩服、又高又壮、皮肤黝黑的男人正在厨房做引体向上。他的双手挂在横穿天花板的管道上，他的体重把管道压得向下弯曲、嘎吱作响。这个男人看见斯黛拉和史克鲁姆走进来，立刻露出灿烂的笑容。

“嗨！怎么样，朋友们？伤势如何？”

“显而易见，”史克鲁姆勉强挤出微笑，“我还死不了。”

斯黛拉一屁股坐在椅子上，把一头黑发绾成乱糟糟的发髻，又用橡皮筋绑了起来。“卡丁艾吉，我们的库存真的告急了。因为杀菌喷雾都没有了，我不得不翻出一些旧的消毒湿巾来用。我们得尽快找地方停靠，好补充供给。”

卡丁艾吉轻轻落到甲板上，“喂，这可不容易啊。我们在深空中，离边境不远呢。”

“我打算跟船长说一声。”

卡丁艾吉拿起毛巾擦了擦脖子，然后笑道：“宝贝儿，最好是你去说。”

船员并不会经常来找船长。斯黛拉站在鲍曼的舱室外，深吸一口气，然后把门打开，“船长，抱歉打扰了——”

乔恩·鲍曼动了一下手指，打断了她的开场白。不管从哪个方面来说，他都是一个大块头——高大的身材，宽厚的肩膀，数十年的战斗锻炼出的结实健壮的身体。他的脸就像是由一整块花岗岩凿刻而成的：突起的额头下面是深陷的眼窝，两只眼睛炯炯有神，略微歪斜的鼻子底下是紧绷的薄唇。深色头发凌乱不堪，里面夹杂着一缕缕白发，被血红色的旧头巾束在脑后。

“飞船受损了。”他开门见山地说道，声音低沉阳刚，他从不需要提高音量，也从不讲废话，“海盗在船尾其中一个油箱上炸了个洞，我们得找地方维修。”

斯黛拉偷偷松了口气。她跟史克鲁姆说什么来着？他们一直都很走运。“你有什么提议吗？”

鲍曼坐在椅子上，身体前倾。他有张小书桌，上面堆满了陈旧的仪器、武器、显示器和航图。桌上还摆着一张小小的 3D 全息照片，上面有一对年轻男女正微笑着看向镜头，他们搂着一位深色头发、鼻子略微歪斜的瘦削少年，他也在微笑。斯黛拉觉得那位少年就是乔恩·鲍曼，他在多年以前跟他的父母拍了这张照片。可是，他真的笑过吗？斯黛拉从不敢问他。

为了腾出更多的空间，鲍曼把全息照片移到一旁。他用手指敲了敲其中一块显示着航图的屏幕，“我们现在位于卡帕－戈兰加扇区。这里是地球空域的边境，除了海盗以外什么都没有。我们与最近的宜居星系距离二十光年，与拥有文明社会的星系则距离四十光年，可剩下的燃油完全不够我们飞到任何一个目的地。”

斯黛拉皱起眉，仔细注视着航图，“所以？”

鲍曼竖起粗大的食指，指向航图上的一个光点，“我们只有一个选择——就是那儿。那是一颗被人遗忘的小星球，它的名字甚至没有出现在新出的航图上。不过，它在我们的航行范围内。那里曾是中转站，所以应该有我们需要的东西。”

“那里正好贴着边境。”斯黛拉谨慎地说。

鲍曼抬起头看着她，灰眼睛像钢铁一样冰冷，“我可没说那里很安全。”

“可你说那是我们唯一的选择。”

“没错。”

斯黛拉凑过去，注意到了小星球的名字，“胡若拉，听着还挺可爱的。”

“并非如此。”

“旅人号”是一艘经过改装的海军巡逻战舰，二十年前被人从垃圾堆里拣出来，后来辗转到了鲍曼手上。现任的每一名船员都想象不出这艘飞船经历过多少次改装，当然，改装的次数比飞船的航行日志上记录的要多得多。经年累月，各色各样的船员按照自己的需求把内部装潢改得面目全非，但飞船始终是那样狭小幽闭。随着“旅人号”逐渐降落在胡若拉上，斯黛拉越来越急切地想要出去呼吸一点儿新鲜空气，她开始觉得自己被困住了。她背靠椅背，越过卡丁艾吉的肩膀看向离他们越来越近的、崎岖不平的褐色行星表面。

“宇航基地位于——”史克鲁姆敲了敲控制台上的一块屏幕，“西北方向二十公里处。”

飞船降落在了小型起降场。周围的建筑物就像是生锈的废船壳，四周看不到任何其他的飞船。

“这里其实是旧时的加油站，”史克鲁姆解释道，“无论如何，这种地方是全自动运行的。只要油仓里还有燃油，我们就能给飞船加满，然后离开。”

“好的，”鲍曼的声音从驾驶舱后部传来，“速战速决吧。我应该不需要提醒你们几位，我们正好处于地球空域的边境。这里没有任何人，也没有任何东西，而我可不想在此逗留太久，以免引来不必要的注意。你们有一个小时的上岸时间，然后我们就离开。”

船员们从飞船里鱼贯而出，边走边伸展着四肢，还打了几个哈欠。

史克鲁姆的手上拿着一台便携式扫描仪，“看看这玩意儿能不能找到离我们最近的加油站。”

“天哪，走路的感觉真是太棒了！”卡丁艾吉说着大步走出起降场，“你们觉得这地方能找到吃的吗？”

“那就要看他们抛弃这里时有没有留下食物，”史克鲁姆一边回答，一边关注着手上的扫描仪，“以及他们有没有把食物留在冻结场。说不定设备都关停了，那我们就只能找到一堆臭烘烘的玩意儿。”

“我不在乎！”卡丁艾吉说，“我还是要去找一找。哥们儿，一起吗？”

史克鲁姆点点头，眼睛一直盯着扫描仪的屏幕，跟在他的朋友后面离开了。

斯黛拉微笑着目送他们离开。那是一对很不寻常的组合，他俩的性格截然相反，两人却成了最好的伙伴。斯黛拉不禁想象有个好朋友会是什么感觉——可以相互依靠、分享秘密，甚至同生共死的朋友。“旅人号”的船员都是她的朋友，可他们也是同僚。她的内心渴望得到更多，渴望更好的生活，她只是不知道该如何去寻找。

“想太多没用。”鲍曼低声说。

“都怪这个地方，”斯黛拉说，“实在太安静、太荒凉了。到处散发着死亡的气息。”

“什么事让你心情这么好？”

她叹了口气，“我可能需要休整一下。”

“你确定你不需要点儿别的？”鲍曼问，“我知道你只会加入短期任务。如果你想离开，那就走吧。”

“船长，你怎么能这样？我还以为你会发发善心呢。”

“我吗？得了吧。”

一个人影从鲍曼身后现身，像豹子一样悄悄穿过地面。科拉尔目光炯炯，个子很高，像母狮子一样全身呈黄褐色。她穿着柔软的鹿皮衣，脚上套着皮靴。她虽然属于类人种族，但有时候看起来更像动物——充满力量、掠夺成性、超然离群。斯黛拉不太清楚科拉尔跟鲍曼到底是什么关系，在她看来，科拉尔像是一位贴身保镖。

科拉尔对鲍曼耳语了几句。在她说话时，斯黛拉瞥到了洁白的尖牙。

“没关系，”鲍曼小声说，他对科拉尔说话时永远很温柔，“我们只在这里停留一小会儿。”

科拉尔点点头便走开了，对斯黛拉和周围的环境漠不关心。

“她怎么了？”斯黛拉问。

“她想知道为什么大家都很紧张，”鲍曼说，“说能闻到汗液的味道。”

“我想，可能是因为我们过的这种生活本来就很紧张。”

“没错，不过这个地方实在太……不对劲。”

“不对劲？”

鲍曼点点头，“这里是一个被遗弃的空壳世界，空无一物。正如你所说，到处散发着死亡的气息。”

斯黛拉不寒而栗。突然，他俩听见一声叫喊——卡丁艾吉在远处呼唤他们。“喂！伙计们，快过来。你们得来看看这个！”

他俩在旧装配式房屋之间的一处小型十字路口找到了卡丁艾吉。史克鲁姆站在另一头，正忙着查看扫描仪上的读数。他不断移动着那台设备，想找到信号好一点儿的地方。科拉尔在四周打转，左顾右盼，查看是否存在危险。

卡丁艾吉非常兴奋，“说吧，你们怎么看？”

他夸张地指向一个高大的蓝盒子。它由木板组装而成，两扇门的上方装着小块的毛玻璃。蓝盒子四面的顶上都挂着标志牌，上面写着：公共报警电话亭。

“这是什么？”斯黛拉平淡地问。这东西是很奇怪，但并不惊人。

“我猜这是座公共报警电话亭。”史克鲁姆冷幽默了一句。

“‘警’？”卡丁艾吉说，“‘警’到底是什么意思？”

“过去的执法部门。”鲍曼说。

“那它在这儿做什么？”卡丁艾吉问道，“我很肯定这里并不需要执法。”

“它可能好多年前就立在这儿了。”斯黛拉说。

“灯都不关吗？”卡丁艾吉把手放在蓝盒子一侧，“喂——这玩意儿在嗡嗡震。”

斯黛拉绕着蓝盒子走了一圈，想把门打开，但门上了锁。

“嗯，它有点奇怪，”鲍曼说，“可我们到这儿来并不是为了研究这个的。史克鲁姆，你找到能用的东西没？附近某个地方一定有残留在油仓里的燃油。”

“哦，有的。”史克鲁姆肯定道，“不过我发现了别的读数。扫描仪显示这里的全自动电脑系统仍在运作，加油应该不成问题，但是电脑的信号编码很奇怪，我根本认不出来。”

“那有影响吗？”

“呃，没什么影响。除了一点，我还收到了另一个同样很不寻常的信号。它来自地下深处，差不多就在我们的正下方，事实上……”

鲍曼皱起眉，“哪种信号？”

“某种回声。可能是敲击声，或者叩击声，反正不是机械的。

当然，我们听不见那个声音，但如果我把震动分离出来，再增强音频信号……”史克鲁姆摆弄了几下扫描仪的控制键。突然，一阵白噪音传了出来，还有一段奇怪的、有规律的金属叩击声，声音一直在重复着：叮。叮。叮。叮——叮——叮。叮。叮。叮。

“难以置信，”等大家都听了好几遍之后，史克鲁姆低声说，“这不可能是……”

“不可能是什么？”鲍曼问。

史克鲁姆看起来惊讶不已，“好吧，虽然可能性非常低……”

“赶紧说吧，哥们儿。”卡丁艾吉催促道。

史克鲁姆舔了舔干燥的嘴唇，“几千年前，早在地球还没有任何太空旅行的时代，有个叫莫尔斯的人发明了一种电码信号：不同的短音和长音组合——点和划的组合——代表不同的字母。三点、三划，再接上三点，可以拼成SOS。”

“那是求救信号。”斯黛拉说。

他们迅速追踪起那个信号。科拉尔留下来把守入口，其他人则顺着一层层嘎吱作响的金属台阶深入宇航基地的地下。

“整栋建筑一直延伸到地下深处。”史克鲁姆解释道，“这里的油仓肯定特别大。”

“那个时候，人们的确需要那么多的燃油。”鲍曼说。

最后，他们来到有几扇门和几台电脑终端的通道里。史克鲁姆追踪求救信号来到一扇看起来十分厚重的大门边，门上嵌着警告标识。

“嘘，”鲍曼命令道，“你们听。”

他们现在都听见了叩击声——虽然声音微弱，但十分清晰，来自金属大门的另一端。

“他们被困在这儿有多久了？”斯黛拉问。

“先等一等。”卡丁艾吉往后退了一些，把枪举了起来。所有人都全副武装，不过只有卡丁艾吉带着一支突击步枪。

“你觉得有这个必要吗？”斯黛拉说。

“该死，我们根本不清楚状况，不知道那扇门后面有什么东西，但我们都清楚，这一片可是海盗的地盘。”

“你觉得里面是海盗？”

“或者更糟糕，可能是变异人或者瘟疫病人。有可能是那个‘警’出于正当原因把什么玩意儿关在里面了。”

“而且那玩意儿还懂莫尔斯电码？”斯黛拉揶揄道。

叩击声一直没停下来，丝毫未察觉到这场争论。

“这有可能是个圈套。”卡丁艾吉举起枪对准那扇门，“我想说的是，我们得小心行事。”

鲍曼拔出自己的冲击枪，“只有一个方法能得到答案。史克鲁姆，开门。”

史克鲁姆摆弄着门边的小控制面板。

“另一个奇怪的信号又出现了，”他皱着眉说，“电脑似乎在新设计的系统中工作。这扇门锁死了，不过我应该能手控消除……啊哈！”

控制面板发出哔的一声，大门里面传来厚重的金属门闩缓缓收回的声音。

所有人都从门边退开，随时准备开火。

在大门正对着的墙边，坐着一个身穿褐色条纹西装的男人，他的手上拿着一根茶匙。他抬起头，看向聚在门边的一群人。尽管有好几支枪正对着他，那人的脸上还是露出了灿烂的笑容。

“你们好！”他高兴地说。

2

“你到底是什么人？”鲍曼的声音十分低沉，听起来像是在即将来临的暴风雨中从远处传来的惊雷，但房间里的男人似乎不为所动。

“我是博士！”他站起来说道。他又高又瘦，有一头乱糟糟的深色头发和一双滴溜溜乱转的眼睛。

“你在这里面干什么？”鲍曼的枪上了膛，发出响亮的咔嗒声，枪口的高度正对着博士的双眼中间。

博士快速扫了一圈空荡荡的房间，就像是从餐柜里偷拿东西被抓个正着的孩子。“没干什么！”他说，“好吧，我是说除了一直坐在这里叩击求救信号，并等待有人出现以外，我真的没干什么。”

“你在这里待了多久？”斯黛拉问。

“哦，好久了。真的好久了。好吧，准确地说是五天十四个小时零二十七分钟。不过，管他呢！”

斯黛拉四处张望，困惑地咕哝道：“五天？”

“对，我都快饿死了。你们有吃的吗？要是再来杯茶就更好了。”他咧嘴一笑，对她眨了眨眼。

“别说了！”鲍曼命令道，“卡丁艾吉——你去搜他的身。”

卡丁艾吉把枪往身上一挂，走过去把博士的双臂抬起来，熟练地搜起身来。斯黛拉不得不注意到，博士的西装十分紧身，藏不住什么精巧的武器。事实上，他身上真的没什么东西，只有一根茶匙、一个小手电筒、一副老式粗框眼镜、一只钱包、一副旧听诊器，以及某种圆柱形的装置，其中一头闪着蓝光。

“这是什么？”鲍曼拿起装置问。

“音速起子。”

“嗯。”鲍曼把起子扔了回去，博士将它和其他东西都收进口袋，只剩下那只钱包。

“这是他的身份证明。”卡丁艾吉翻开钱包顿了顿，皱起了眉头，“上面写着他是海盗。”

“什么？拿过来给我。”鲍曼说着接过钱包，翻开看了一眼，“别犯傻了。上面写着他是……”船长迟疑片刻，眯起眼睛，把钱包转过来对着光，“他是……写的什么？我认不出来。”

他把钱包递给斯黛拉。斯黛拉翻开钱包，抬头看了一眼博士，又低头看了一眼钱包，“这上面什么都没写。纸片是空白的。”

博士从她手上轻轻拿走钱包，把它塞进口袋。他微笑地看着斯黛拉，似乎很欣赏她。

斯黛拉感到脸颊开始发热，于是说："你不可能在这里待这么久，你的脸上一点儿胡茬都没有。"

博士试着揉了揉下巴，"对，好吧……不过你不会相信要控制自己这么多天不长胡子得费多大的精力。我的下巴过不了多久就该痒死了。"

"好了，够了！"鲍曼说，"我不知道你究竟在这里面干什么，也不关心你究竟是什么博士，但我等不及想离开这个鬼地方了。"他彻底失去了兴趣，转过身对史克鲁姆说，"你回到飞船上准备加油。我们要立刻离开这颗星球。"

史克鲁姆点点头，转身准备离开。然后，他问了一句："船长，那个信号该怎么办？"

"什么信号？"

"电脑接收到的额外的信号。"

"不感兴趣，那跟我们毫无关系。好了，快走吧。"

史克鲁姆离开了，斯黛拉发现博士用十分古怪的眼神目送他走出去。鲍曼命令卡丁艾吉去看看附近有没有供给品，卡丁艾吉不高兴地瞪了博士一眼，离开了。

"史克鲁姆说得有道理，"斯黛拉对鲍曼说，"一切都说不通。那家伙为什么被关在这里？是谁把他给关起来的？"

"这是目前为止第一个动了脑筋的问题。"博士高兴地说，"你叫什么名字？"

"斯黛拉。"

"好，斯黛拉，你知道吗？我也想知道是谁把我给关起来的。因为在你们到来之前，我以为自己是这颗星球上唯一活着的人呢。"

"你来这儿干什么？"鲍曼时刻都用怀疑的眼神看着博士。

"我说不上来。我的飞船偏离航道了。"博士兴高采烈的表情突然变成若有所思的皱眉，"这个地方有点不太对劲。"

"会不会跟史克鲁姆说的那个异常的电脑信号有关？"斯黛拉问。

"不如让我们看一看吧？"博士经过她身边，朝电脑终端走去。他掏出眼镜戴上，把机器打开。显示屏亮了起来：

欢迎来到北极星第 479 号站

"知道了，知道了，你欢迎过我了。"他快速翻阅另一块屏幕：

胡若拉——通往群星的门户

"这是什么意思？"斯黛拉问。

博士扮了个鬼脸，"没什么意思。这里是人们前往更有趣的地方前的中转站。瞧，上面有一张标有附近行星的列表：克莱切顿星——老实说，那儿没什么意思；加利安 17 号星——如果你喜欢派对可以去那儿；十十 10 号星——采用十进制的行星；布伦霍姆·欧根星——从没听说过……”

“哦！”斯黛拉指着屏幕大喊道，“看！阿克海恩！我听说过这颗星球！人们通常管它叫幽灵星球。”

“是啊，”博士兴奋地点点头，“我一直都想到那儿去看看，可总抽不出时间。我倒是去过伦敦地牢，还是去过杜莎夫人蜡像馆来着？”

“我们可以走了吗？”鲍曼不耐烦地说。

“马上。”博士说，屏幕上很快显示出更多的数据，“那么……这是加油站的基础程序，相当标准化，但已经休眠多年。我一来到这里，它又重新激活了，好像还触发了另一个深藏在主服务器中的程序。我看看能不能展开详细数据……”他拿出音速起子对准电脑，“好极了！”他突然大喊一声，吓得斯黛拉蹦了起来，鲍曼则恶狠狠地瞪了他一眼。

“这是什么？”斯黛拉问。

博士敲了敲屏幕，“哦，真厉害。看哪——超控系统，这是一个接上去的新程序。它一旦激活——比如像现在这样——就会彻底控制整座基地。没人把我关在房间里，是系统自动执行的。基地感应到我在里面，于是触发了陷阱。砰！真聪明！”

斯黛拉皱起眉，“可又是为什么呢？出于什么目的？”

博士咧嘴一笑，“哇，你总是能提出好问题，对不对？”

“我这儿还有个好问题，”鲍曼低吼道，“房间里的另一个可怜的家伙是怎么回事？”

博士伤心地看了一眼躺在地上的骷髅，“我不知道。他也许遇到了跟我一样的情况，但没我这么走运。”

“你说得一点儿也不错。”

“或者，”斯黛拉提出，“有可能他就是安装超控系统的那个人。一定有人负责装系统，可能他中了自己设的圈套。”

博士沉下脸，“又或者，他是牺牲品。”

“死人不会告密。”鲍曼严肃地说。

“正是如此。”

斯黛拉不寒而栗，“可是，这到底是为了什么？”

“你又来了，”博士说，“一直在对的时刻提出好问题。继续保持。”

“你喜欢问题？”

“爱死了！不过，你知道我喜欢什么胜过好问题吗？那就是好答案。”博士一脸期待地看着她和鲍曼，“你们有什么答案吗？”

两个人都摇了摇头。

“啊，好吧，我猜我不能太贪心。”博士转过身，又重新摆弄起电脑终端，“或许我能从这里把新程序剔出来。”

“有必要这样做吗？”鲍曼问。

“我一走进房间就触发了陷阱。与此同时，电脑发出报警信号。你的伙计史克鲁姆发现了那个信号——不过我在想，信号是发给谁的？”

“你是说设下陷阱的那个人？”斯黛拉问。

“马上就知道了。”博士把控制键调了一下，他们听见一个奇怪的杂音在不断重复。

“不会又是莫尔斯电码吧？”鲍曼说。

“不，这个复杂多了。”博士专注得整张脸都绷了起来，仿佛在尝试破解那个奇怪的杂音，“但是，听起来很耳熟……”

“问题是，”斯黛拉说，“那个信号肯定在你到达的当天就发出去了，已经过了五天十四个小时……”

“又……哦，现在是三十一分钟了。没错，你说得有道理。不管是谁，他早就已经收到信号了。”博士垮下脸，“那就意味着，他们随时都可能出现在这里，查看自己的猎物。”

鲍曼一把抓起对讲机，“史克鲁姆——马上准备好飞船，有人要来了。”

对讲机那头没有人回应。

“史克鲁姆，你听见了吗？”

响亮的杂音从对讲机里传了出来。他们可以听见史克鲁姆的声音，但听不清他说了什么。

“有东西干扰了通信字段。”博士突然严肃起来，“不管对方是谁，他们已经到了。”

斯黛拉咽了口唾沫。气氛越来越紧张，仿佛他们周围的所有东西都带上了静电。

博士再次转向电脑，飞快地敲打着键盘，“如果我能把信号剔出来并干扰它……”他突然停住，手指放在键盘上一动不动，“哦不。不，不，不。你们听。”

斯黛拉和鲍曼仔细听着电脑扬声器发出的声音。那是一阵缓慢而沉重有力的跳动，就像电子心跳一样。

博士脸色苍白。“不可能……”他说，“这不可能。”

鲍曼又重新拔出冲击枪，“你最好相信吧。”

伴随着金属破裂发出的可怕尖厉的嘎吱声，通道另一头的大门轰然炸开。碎片划过空中，他们三人早已转身蹲下。与此同时，某种巨大的金属体快速穿过废墟。

斯黛拉大吃一惊。三个金属体从破碎的门口鱼贯而入，它们锃亮的古铜色外壳隐隐闪着光，武器在身上的插槽里旋转着，装有蓝色发光目镜的眼柄转向他们。

“是戴立克！”博士惊恐地说。

“消灭！消灭！消灭！”

3

当第一个戴立克喊出“**消灭**”时，斯黛拉吓得直哆嗦，意识到自己就要完蛋了。

可就在戴立克开火的瞬间，一串子弹向它射了过去。子弹被戴立克的防护力场挡在外面，并没有起多少作用，但足以分散戴立克的注意力，让博士有机会把斯黛拉和鲍曼推到一边。

戴立克的中子能量束把通道照得一片惨蓝。“**发现第二目标！**”它发出刺耳的声音，眼柄也随之转动，“**消灭！**”

卡丁艾吉站在他们上方的楼梯口，端着突击步枪瞄准戴立克。他扣动扳机，枪身猛力地反冲着。这回效果明显不同。防护力场发出嗞嗞声，接着是一声巨响。

等烟雾散开后，可以看见戴立克基本安然无恙，只是外壳上多了一处烧焦的凹痕。不过，即使是极短暂的拖延，也给了他们逃跑的时间。恐惧是最大的动力。

卡丁艾吉在通道里扫射一通后，跟在同伴们的后面跑了起来。博士在他的前方，正不断催促所有人加快速度跑上楼梯井。

“你是怎么做到的？”博士问道，“枪一般对戴立克无效。”

“这支枪有效。”卡丁艾吉放肆地笑了起来，“我们是戴立克赏金猎人。”

斯黛拉发现博士瞪大的双眼中闪过一丝希望。“真的？”

“升空！”刺耳的声音从底下传来。就算不低头看，也知道是戴立克顺着楼梯井升上来了。

“快点儿！”博士大喊着把他们使劲往上推。斯黛拉绊了一下，博士一把抓住她的手，推着她爬上最后几级台阶。鲍曼一脚把大门踹开，众人冲进落满灰尘的街道上。卡丁艾吉关门落锁，然后用枪熔断了门锁。

“这阻止不了它们。”博士说。

“我知道，但会让我心里舒坦点儿。”

“少废话，赶紧走！”鲍曼一声喝令，带头沿着街道跑起来。他再次拿出对讲机呼叫史克鲁姆，让他做好“旅人号”的起飞准备。

当大门炸开的时候，斯黛拉看见博士转过了身。第一个戴立克出现了，它发着蓝光的目镜四处转动，最后锁定在他们身上。随即它把身体也转了过来，开始朝他们移动。

突然，戴立克停了下来。

“警报！”它叫道，**“警报！装甲遭到袭击！”**

一块黑斑在戴立克古铜色的圆顶蔓延开来。在卡丁艾吉刚才打中的部位，金属竟开始熔解了。

“紧急情况！”戴立克大叫道，**“保护壳受到损害！”**

另外两个戴立克检查了一下它的受损部位，**“分子溶解病毒。回到舰队进行修复！”**

“我服从！”受损的戴立克升入空中飞走了。它的圆顶发出咝咝声，上面的病毒毫不留情地扩散着。

剩下的两个戴立克转过身来，继续追赶它们的猎物。

斯黛拉、鲍曼、卡丁艾吉和博士东奔西跑，在建筑群和巷子间穿行。

博士在岔路口停下脚步，一把抓住斯黛拉的胳膊，“走这边！我有交通工具。”

“在哪儿？”

“跟我来！你们几个快点儿——我们走吧！”

“斯黛拉，让他走。”鲍曼说，“我们回‘旅人号’。”

斯黛拉犹豫了片刻。鲍曼和卡丁艾吉在身后看着她，催促她赶紧跟上。

“我们没多少时间了，”鲍曼坚持道，“怎么啦？”

博士停下来，回头看着斯黛拉。他的眼中有种奇怪的神情——充满渴望又略带苦涩的期待。他伸出手，“你在塔迪斯里会很安全的。跟我来吧！”

最后，有人为她做了决定。一个戴立克出现在道路尽头，挡住了博士的去路。

“站住——否则消灭你们！”

卡丁艾吉举枪扫射，巷子里顿时响起机枪的轰鸣。

戴立克朝他们开枪，但没有射中。所有人又重新跑了起来，险些同时绊倒，他们互相大喊着加快速度。

终于，众人跑到了起降场，“旅人号”就停在他们的正前方。那艘老破船从未令斯黛拉感到如此高兴。

“那就是你们的飞船？”博士惊讶地问。

“对。”鲍曼低声说，“怎么，你不喜欢？”

“我知道它看起来不太——”斯黛拉开口道。

“但它该有的都有了。”博士帮她把话说完，“别在意，我的飞船也差不多。”

史克鲁姆正在解开船底一根根粗重的电缆，它们连接着起降场四周的好几台低矮的机器。

“飞船上的燃油还没加满，不过足够起飞了。”他大声说，“科拉尔已经上船了。”

“启动飞船！”鲍曼吼道。

戴立克出现在起降场的边缘，一边朝着飞船移动，一边将发着蓝光的目镜全都对准了“旅人号”的船员。

“站住！”

没人听它们的。史克鲁姆已经上了飞船。引擎轰然启动，整艘飞船随着压缩动力剧烈地晃动。

鲍曼飞奔到登船跳板的下方，转身用火力掩护博士和卡丁艾吉，两人正帮助斯黛拉登上飞船。冲击枪排出的废气充斥在空气中。

飞船开始抬升，登船跳板都没来得及收回。鲍曼牢牢抓住其中一根液压支柱，抬起一条腿，把脚放在博士的屁股上，一脚把他踹进了飞船。戴立克发射的中子能量束从他们身边嗖嗖地飞过，蓝光照亮了跳板。

博士匆忙站起身。飞船左右摇晃，在他前方，卡丁艾吉正扶着斯黛拉。她十分庆幸自己成功逃了回来，脸上满是灿烂的笑容。看见博士走过来，她又高兴又宽慰，还向他竖起了大拇指。

“史克鲁姆！”鲍曼喊道，“带我们离开这个鬼地方！”

“是，船长！”史克鲁姆在驾驶舱里喊道，“我们正在前往——”

飞船外部有什么东西突然爆炸了，空中升起一团火球，“旅人号”略微晃动了一下。内部的舱门还没来得及关上，碎片就飞了进来。冲击波把斯黛拉吹倒了，也把博士、鲍曼和卡丁艾吉都摔趴下了。

“斯黛拉！”博士马上发现她受伤了。她的大腿上插了一块金属，那应该是油箱的碎片。

博士朝她爬了过去。她背靠在舱壁上，脸色苍白地盯着他。

她腿上的伤口很深，伤势十分严重，深色的动脉血把裤子都浸湿了。

“噢，这也太痛了。”她声音沙哑地说。

“没事的，”他急匆匆地说，“只是皮外伤，你会好起来的。”

“喂，”她虚弱地笑了笑，“我受过医疗训练，能看出来伤势有多严重。”

博士用力握住她的手，“你会好起来的。”

“飞船上一点医疗用品都没有了。我刚把最后一部分用在了史克鲁姆身上。”

鲍曼走上前来，“别说话了，你得到医疗舱去。”

“对。”卡丁艾吉赞同道，“老天，刚才真是太险了，但我们都还行。一切都会好起来的，宝贝儿。我们离开这里了。”

“旅人号”飞离胡若拉，开始向上爬升。史克鲁姆正以尽可能快的速度穿过大气层。

鲍曼说：“我去把医疗电脑打开，你们把她带过来。”

“别浪费大家的时间了，直接用包装胶带帮我捆上就好。”等他离开后，斯黛拉说道。她面无血色，十分痛苦，但还是保持着笑容。

“你试着不要说话。”博士提议道。

“喂，别烦我了，我可是在求生呢……”斯黛拉伤感地笑了笑，眼睛里噙满泪水，“还有，别让卡丁艾吉动手，听见没？他连吃饭的刀叉都用不好。”

“你在开玩笑吗？”卡丁艾吉说，“我才不会靠近医疗设备那玩意儿，永远不会。不管怎么说，他才是我们之中唯一的医生。”他指了指博士。

“你不是说他是海盗吗？”斯黛拉笑了笑，转向博士，“想听我的建议吗？用飞船上的应急冷冻处理装置把我冻起来，再带我到能做正经手术的地方去。”

“好主意，”博士说，“你总能想到好主意。”

在他们身后传来响亮尖厉的嘎吱声。内舱气闸门凸起变形，开始松动，然后被一点一点扒开了。门外出现了一个嵌满圆球的戴立克。

“怎么回事？！”卡丁艾吉大喊一声，扑向他的突击步枪。

戴立克的吸盘臂将气闸门彻底推开，门上的金属和塑料都压瘪了；蓝色的独眼发出亮光，圆顶的灯还一闪一闪的。

“消灭！”

博士想把斯黛拉推开，可是已经太迟了。

一道死亡射线直接击中了她的后腰，耀眼的强光把她的骨骼和内脏都照得一清二楚。射线一直对准斯黛拉，把她按在舱壁上动弹不得。刺耳的嗖嗖声伴随着可怕的惨叫，充斥在整艘飞船里。

最终，像过去了一个世纪，射线终于停止了。斯黛拉的尸体滑落回了地面。

4

卡丁艾吉怒吼一声，朝戴立克开火。子弹在通道里四处弹开，打在防护力场上溅起阵阵火花，空气中充满了火药味儿。卡丁艾吉往前迈了一步，用肩膀抵着枪把，把所有子弹射向戴立克。戴立克死死地盯着他，不为所动。等子弹都打完后，它才把枪对准人类。

博士往前一扑，朝戴立克扔了个什么东西，它击中外壳，传出一声脆响，紧接着耀眼的蓝白色亮光照亮了整间气闸舱。突如其来的一阵极冷的空气逼得卡丁艾吉向后踉跄几步，倒在了博士身上。

舱室里一片寂静。

他俩小心翼翼地坐起来，同时看向戴立克。它完全冻住了——从字面意思上来说。寒冷的白色雾气飘浮在圆顶上方，外壳从头到脚都覆盖着一层厚厚的白霜。目镜的蓝色光芒渐渐褪去，只剩下冷冰冰的黑暗。

“那……那是啥？”卡丁艾吉惊叹道，“你干了什么？”

“我用了应急冷冻处理装置。”博士站起来四下张望，戴立克正站在一片放射状的冰层中心。

确信戴立克不会动了，卡丁艾吉立刻跑到斯黛拉躺着的地方。与此同时，鲍曼也噔噔地跑了过来。他不太确定地瞥了一眼冻住的戴立克，然后跪在斯黛拉身边，“出什么事了？”

“戴立克追上来了，不知怎的进了气闸舱。”卡丁艾吉低声说。接下来发生的事，他就不需要多说了。

鲍曼难以置信地看着斯黛拉冒烟的尸体，嘴唇紧闭，下颚的肌肉抽搐着。

“抱歉，”博士在他身后说，“真的非常抱歉。”

鲍曼震颤着深深吸了一口气，然后站了起来。他挺起肩膀，抬起了头，脸上没有一丝表情，但深陷的双眼却怒火中烧。他看向博士，“把那玩意儿丢出我的飞船！”

他并不需要指明是戴立克，所有人都知道他的意思。

“抱歉，可能不行。”博士的声音小得几乎听不见，“外舱气闸门已经坏了——可能是起飞时的爆炸造成的。门卡住了，我们或许能——”

鲍曼没有理他，而是转向卡丁艾吉，“把门修好，然后扔掉它。”

“是，船长。”

博士没有再说话。鲍曼回头看了一眼冻住的戴立克，“它死了吗？”

博士小心翼翼地走向戴立克，在结霜的眼柄前挥了挥手，没有得到任何回应。他又万分小心地绕着戴立克转了一圈，从各个角度仔细检查。最后，他戳了一下枪杆，还是没有反应。“没有视力，没有动力，武器离线。我觉得它跟死了没什么两样。”

“没什么两样？”

“对戴立克可说不准。不过它被低温冷冻了——它们有时候对温度的骤降特别敏感，尤其是在出其不意的时候。卡丁艾吉刚才近距离朝它射击，所以有很大一部分能量都分配到防护力场上了，反正足以让冷冻处理装置起作用。”

“你大脑转得挺快。”

博士摇摇头，“还不够快。再说了，这本来是斯黛拉的主意。”

他们本应该兴高采烈地庆祝自己打败了一个不可阻挡的敌人，可是，他们现在只有十足的挫败感。没有人敢直视斯黛拉的尸体。

“我刚才应当再快点儿，”博士坚持道，“她本不该这样死去，没人应该如此。”

“我不知道你究竟在那颗星球上干了什么，”鲍曼低吼道，“反正我们一遇见你，事情就开始变糟了！”

“这不是我的错。”博士说。

“跟你自己说去吧。”

卡丁艾吉站出来说:“别生气,船长。我们得把斯黛拉抬走。”

“看来我们暂时甩不掉你了,”鲍曼恶狠狠地对博士说,“最快也得等气闸门修好了。在此之前,你离我远点!”

当“旅人号”在深空中以最大速度前进时,鲍曼回到了他的舱室,并下令任何人都不能来打扰他。史克鲁姆留下来掌舵,卡丁艾吉在安置好斯黛拉的尸体后,就赶紧去修理气闸门。

卡丁艾吉发现博士也在那儿,正拿着音速起子检查戴立克。“冷冻处理装置比我预想的还有效。”他说,“作为生命维持系统的外壳彻底报废了,所以我猜里面那个生物已经死了。”

“你对戴立克有所了解?”卡丁艾吉警惕地问。

“一点点。”

卡丁艾吉看着戴立克,它依旧覆盖着一层白霜,冰冷的雾气在周围盘旋。“天哪,我们可太走运了!刚才我真的以为自己要交代在这儿了。”

“要不是你一直朝它开枪,这办法也不会成功。”博士看了一眼卡丁艾吉挎在肩上的突击步枪,“那东西装的是什么弹药?你在胡若拉上就打伤了一个戴立克——我从未见过有任何常规武器能做到这点。要是碰巧打中目镜或许还行,不过那又另当别论了。”

“是 MDV,”卡丁艾吉说,“分子溶解病毒的缩写,史克鲁姆发明出来的。先让巴斯蒂弹头[1]穿透防护力场，然后让子弹感染外壳，把金属吃得精光。”

博士扬起眉毛，“太妙了！不过它得迅速起效，MDV 的侵蚀速度必须非常快，否则无法超过黏合聚碳化物外壳的自动分子修复速度。”

卡丁艾吉小心翼翼地观察着戴立克，“我不太明白，为什么子弹这回不管用了？如此近距离的射击，病毒应该能把这家伙的脑袋给吃光的。”

“对，你们的武器是很厉害，”博士说，“可戴立克更厉害。它的外壳能够学习和适应。当病毒正在侵蚀第一个戴立克时，它就已经对损伤进行了分析，并把紧急防御数据传给其他的戴立克，以免它们再次中招。”

“现在你说话的口气就像史克鲁姆。”卡丁艾吉咕哝道，“通常他是每次行动的策划者。”

“行动？”

“我们是地球司令部雇用的赏金猎人，专门猎杀戴立克。每带一根眼柄回去，我们都能拿到一笔固定的赏金。说到这儿我想起来了……”卡丁艾吉把手伸向腰带，取下一个激光工具。

他正准备握住戴立克的眼柄，博士一下子把他的手拍开。“别

1. 一种能够穿透戴立克的防护力场和外壳的材料。

碰它！戴立克能从你的DNA里吸取基因数据——只要碰一下，它就能重新再生。”

“你不是说它死了吗？”

“面对戴立克，再怎么小心也不为过。你相信我。”

卡丁艾吉极不情愿地把激光工具慢慢挂回腰带上，“你什么来历？为什么如此了解戴立克？我看你也不像个士兵。”

“斯黛拉也不像。”

卡丁艾吉的表情僵住了，“她不一样。”

“我也是。”

“你说什么就是什么吧。”卡丁艾吉一点儿都不信，“那你到底在胡若拉上干什么？”

博士叹了口气，挠了挠后颈，“老实说，我也说不上来。我的飞船出毛病了——导航系统全都失灵了。”

“你这也偏得太远了，哥们儿。”

博士微笑着抬头看他，“这好像是头一次有人叫我‘哥们儿’。”

“别得意忘形了。鲍曼船长想赶你下船，我可不会跟他倔。再说了，正如我所说，你的飞船肯定偏大发了，否则不会把你带到地球空域这么远的地方来。”

“哦，空间并不是我要担心的。”博士若有所思地说，“塔迪斯似乎穿过了一条时间线……我顺着戴立克的时间线往回跑了好多。”

“我以为史克鲁姆说话就够有意思了，结果你比他好玩儿多了，哥们儿。”

“我真的不应该出现在这里。”博士认真地说，差不多在自言自语，“很多方面都出问题了。我回到了时间大战开始之前的时间点，但那是不可能的。好吧，说是不可能，可显然并非不可能。我人就在这里，戴立克也在这里，正跟地球第一帝国打得不可开交。”

“我一点儿都听不明白。”

“卡丁艾吉，现在是哪一年？”

“你只在房间里困了五天，快醒醒。”

“回答我的问题。”

博士的声音听起来格外严肃，卡丁艾吉不由自主地做出了回答。

“啊，”博士渐渐明白过来，缓缓点着头，“让我猜猜看：戴立克在星系胡作非为，地球正想尽一切办法抵抗它们的侵袭。战争持续了一年又一年，战火遍布星系。有些人类一生下来就处在与戴立克交战的年代。”

“我想应该是这样。”

“你们是戴立克一代。不过，现在已经到了临界点，对不对？两股强大的星系力量隔着群星对峙，两个超级强权正在争夺霸主，战火从一颗星球蔓延到另一颗星球，形势可能往任何一边倾斜。”

“情况差不多就是这样。我们在空域边境上做一些力所能及的事，比如，突袭戴立克的空域、干扰它们的供给线之类的。我们以此谋生。”

“你们选择了一种艰苦的生活。”

“没别的活法了。我在格奥达主星长大，那儿的人为战斗而生。正规军容不下我——他们嫌我太自由散漫了，而我根本不服从他们的管教。”

“不错。说‘不’总是好的。”

“最后我就跟着鲍曼船长上了‘旅人号’。他在猎杀戴立克这方面无所不知。”

“那我们之间的共同之处比我预想的还要多一点。”博士冷幽默道。

“喂，鲍曼人不错。他是战士中的战士，不知道这么说你能不能听懂，没人比乔恩·鲍曼更强硬了。他曾在地球第一军队当装甲兵，也是经历过德拉科尼亚冲突[1]的老兵，有人说当时他就在塔尔塔洛斯的前线战斗。他还是武器和战术方面的专家。当我还是个小屁孩儿的时候，他就在斯卡罗[2]上与最厉害的士兵战斗了。”

---

1. 德拉科尼亚帝国与地球第一帝国间的星际战争。
2. 戴立克的母星。

“我很高兴听到这些，但我觉得他应该不太喜欢我。”

卡丁艾吉移开目光，“我们都很喜欢斯黛拉。她是个好人，鲍曼船长待她就像自己的女儿一样。”

“我很抱歉。”

舱门打开，史克鲁姆走了进来，他朝卡丁艾吉点点头，但并不理会博士，“船长说我们准备回奥罗斯。”

“奥罗斯？”博士重复了一遍。

“那是斯黛拉的母星，”史克鲁姆阴郁地回答，“我们要带她回家。”

5

奥罗斯是地球第一帝国的核心移民星球之一。就算“旅人号”以最大速度飞行，也要花上大半天才能到达那里。鲍曼一直待在自己的舱室，斯黛拉的尸体则安置在医疗舱里，同戴立克一样做了冷冻处理。没有人觉得这很好笑，尤其是博士。

他去向斯黛拉道别。她安详地躺在狭窄的检查床上，双手交叠在胸前，看起来就像装饰墓穴的大理石雕像。她的皮肤像雪花石膏一般洁白无瑕，覆盖着一层薄薄的白霜。

他想对她说句“对不起”，可是意义何在？她已经离开了。令斯黛拉与众不同的特质已经不复存在了。她的身体还存在，但她的智慧、幽默以及勇气全都从宇宙中永远消失了。这一点博士永远无法理解。

“你真的很喜欢她，对吗？”史克鲁姆站在通道上说。医疗舱里只能容下两个人。

“对，”博士回答，“我喜欢她。她让我想起了自己想念的某个人……某些事……”

“她是个好伙伴。”

博士咬着唇点点头，“对，我相信她是。”

“别再想了。”史克鲁姆说，“她要回家了，我们只需要知道这一点。”

“她有家人吗？”

“应该没有。”

“那还好。”

史克鲁姆耸耸肩，“其实我从没想过这个，如今有太多人都是孤儿。”

“因为戴立克？”

“对。人们管这代人叫戴立克一代。”

“我知道。”

史克鲁姆清了清嗓子，显然想换个话题。

博士抬起头，硬挤出一个微笑，“卡丁艾吉修好气闸门了吗？”

“他还在修。”

“希望不太困难。”

“在我们到达奥罗斯之前他会修好的。你可以在那里下船。”

博士点点头，“我得回到胡若拉，我的飞船还在那儿呢。”

“胡若拉上现在可爬满了戴立克。”

“我就担心这个。”

博士跟随史克鲁姆穿过狭窄的通道，来到了厨房。他可以听见从远处的通道里传来卡丁艾吉修门的声音。博士看向那头，惊讶地发现戴立克不见了。

“我们不得不把它搬开。”史克鲁姆解释道，“卡丁艾吉需要一些空间。”

“太危险了，”博士说，“戴立克死了也依旧危险。它们有数都数不清的不同的自动防御功能。”

“没事的，我们根本没碰到它。我用一对装货机的抓手把它移到货舱里了。另外，我觉得冷冻处理装置让它彻底失效了。卡丁艾吉取下眼柄的时候，它动都没动一下。”

博士停下脚步，“他干了什么?！”

“把眼柄切下来。你知道的，拿去换赏金。”

“我跟他说了不要那样做。”

史克鲁姆有点困惑地看着他，“博士，他可不听你的命令。这里的头儿是鲍曼船长——要是你注意到了的话，而且，我们靠那玩意儿换取赏金谋生。这是经过批准的击杀，也是地球司令部花钱让我们办的事情。等我们把眼柄交给奥罗斯当局，就又有钱吃饭了。”

博士没有说话，而是端坐在厨房里，双唇紧闭。

史克鲁姆在他对面坐下，“其实我一直惦记着那个戴立克，我并没有多少机会近距离观察它——至少不能长时间观察。我相信自己能从它身上学到很多东西，只要我能把它给拆开。”

“想都别想。”博士生气地警告道。

“它已经死了。我可以用合适的工具把它撬开。”

博士盯着他说：“相信我，你真的不会想这么做的。每个戴立克都装有针对这类行为的防御系统，你这样做等同于摆弄一枚引燃的手榴弹。里面的生物可能已经死了，可它的外壳塞满了防触碰装置，以及让你毛骨悚然的饵雷。随便一个装置里面装的自毁机件就足以让整队的排弹专家忙活一个月了。”

“可它都已经在这儿了——”

“忘了这个想法吧。一旦气闸门修好，我们就把戴立克扔到深空里，把它彻底遗忘掉。现在没变成斯黛拉那样，已经算你们走运了。”

博士刚把话说出口就后悔了，但为时已晚。史克鲁姆冷冷地看了他一会儿，站起来准备离开。

“要是鲍曼同意，你会跟那个戴立克一块儿被扔出去。”

博士扬起一边眉毛，“我还以为只有海盗才会逼别人走跳板呢。”

“你给我记住了，博士——斯黛拉才是我们的伙伴。她是我们的一员，你不是。”

史克鲁姆离开了，留博士独自一人坐在厨房里。

卡丁艾吉正在维修气闸门。外部的舱壁有点变形，门上的轨道卡住了。他的手上拿着修理工具，可他的注意力却怎么都无法集中。

他满脑子都是斯黛拉。他的耳边萦绕着戴立克的死亡射线发出的尖厉声音，还有斯黛拉濒死时的惨叫。射线巨大的能量把她按在舱壁上动弹不得。每当闭上双眼，他的眼前就闪烁着耀眼的蓝白光，还有斯黛拉后仰着的、下颚大张的头骨。

他的手往下一滑，指关节擦在甲板的金属格栅上破了皮。他咒骂了一句，把重力扳手用力扔向通道。扳手落到地上，发出一声闷响。

“下回你就打中我了。”史克鲁姆说。他转过拐角，扳手差一点儿落在他的脚上。

卡丁艾吉摇摇头，“我没法儿做这活儿。”

“你当然可以。这么多年来，你一直在对这艘老破船修修补补，我也修补过。”

“我不是这个意思。这玩意儿我闭着眼睛都能修好。”卡丁艾吉长叹一声，蜷腿仰靠而坐，把结实的双臂搭在膝盖上，“我是说……见鬼，我都不知道我想说什么。”

“我们以猎杀戴立克为生，”史克鲁姆小声说，“任何一个人都随时可能丧命。这一点你知道，我们知道——斯黛拉也知道。”

“这并不能让我好受一些。斯黛拉和我们不同，她从来都不想掺和进来。她就那样死了——哥们儿，反正我感觉对她来说不公平。”

“我懂你的意思。”史克鲁姆在他对面坐下，把手伸进了腰包。他掏出一个小金属瓶，拧开盖子抿了一口，“给。”他把瓶子递给卡丁艾吉。

“这是啥？”

“一种古老的地球饮品，非常古老。它太稀有了，所以贵得出奇。”

卡丁艾吉举起瓶子喝了一大口，一下子给呛着了，“喂——这到底是什么玩意儿？差点儿害死我！”

“你就把它当成药吧。”

卡丁艾吉又抿了一小口，干呕了一下，然后眨了眨眼，“这玩意儿叫什么？”

“姜啤。”

“劲儿还挺大。”

“我只在特殊情况下喝它。”史克鲁姆拿回瓶子又喝了一口，“敬斯黛拉——她是一个好人。”

“我同意！”

他们静静地坐了几分钟，来回传递着装有酒的瓶子。最后，史克鲁姆把盖子拧上，把瓶子塞回了腰包。“你觉得博士怎么样？”他问。

“好吧，他肯定不是海盗。”卡丁艾吉说，“不过除了这一点，其他的我也不知道。他说的话我有一半都听不明白。在这方面，我感觉他跟你有点儿像，不过比你好看。”

史克鲁姆抽了抽鼻子，“他知道一些事情。”

“比如说？”

“关于戴立克的事情——但他并没有告诉我们。”

“也许吧。不过，那并不重要——幸好，鲍曼很快就会把他那副小身板给踹出去了。”

“为什么这么说？”

卡丁艾吉凑上去说：“因为不管他究竟是谁，他……他只给我们带来了霉运。”

博士明白，他光待在厨房里郁闷是没有用的。至少在到达奥罗斯之前，他只能困在“旅人号”上了。既然如此，那他还不如先熟悉熟悉环境，更何况，他实在忍不住想要四处看看。不过回想起来，正是这种冲动害他陷入了困境。

他决定先去发动机舱看看。这艘飞船很小，但动力十足，他想看看飞船用的是什么推进系统。这个时代的太空船很少使用这种过时的燃油系统了。

在去发动机舱的路上，他路过了货舱。博士忍不住停了下来，透过舱门上的塑料窗向里面张望。戴立克就在里面，好似一座吓人的冰雕，在货舱的照明下闪闪发光。原本是眼柄所在的地方只剩一截残端连在外壳上，断裂处还冒出了几根电线和光纤丝。

尽管没了眼柄，戴立克看起来还是很危险。单是它的外形就让博士感到毛骨悚然。他有太多的糟糕回忆和太多的噩梦了，他的心里只能感觉到憎恶。

还有恐惧。

他做了个深呼吸，哈出的气给窗户蒙上了一层水雾，让人看不清里面那个结霜的恶魔。正是因为这层水雾，博士没能发现有一滴水珠从戴立克吸盘臂的边缘滴落。

发动机舱有点远，位于飞船的尾部。越靠近重型发动机，博士就越能感觉到从帆布鞋的橡胶鞋底下传来的震动，噪音也越来越大。他察觉到冷却泵发出了一阵不正常的律动，顿时来了兴趣——一定是调节阀出问题了，或许他能修好或者改善它，从而博得“旅人号”船员们的好感。

可是当他走向发动机舱时，有什么东西引起了他的注意。在通道深处的阴影里，有东西动了一下。

“你好？”他想看清那是什么东西。这里的光线太暗了，通道舱壁上只有一排齐肩的黄色小灯用于照明。天花板上布满了粗电缆和管道，冷却泵散发的蒸汽从甲板底下冒了上来。肯定是调节阀坏了。

“有人吗？”

博士瞥见一道轻盈的黑影，它露出的尖牙闪闪发光。紧接着，那东西发出一声怒吼，朝博士扑了过来，将他死死按在了地上。

6

“船长要见你。”那东西在博士的耳边窃窃私语，与博士想象的猛兽形象截然不同。

他皱起眉，“你说什么？”

“我说，船长要见你。”坐在他胸口上的外星人重复道。

他躺在地上，大脑里想不出合适的应答。

“什么？”他又问了一遍。

她从博士身上蹦了下来。等冷却泵冒出的蒸汽散开后，博士看见一只目光炯炯的黄褐色类人生物。他爬起来，扯了扯西装外套，想要挽回一点儿尊严，随后再次瞥了一眼那张怪异的母狮子一样的脸。

“你见到每一位客人都要袭击一下吗？”

“看情况。”她的声音依旧如同耳语。

“看什么情况？”

“看我是不是喜欢他。”

“我懂了。”博士揉着脖子说，几秒钟以前，他还以为这家伙要用尖牙撕开他的喉咙呢，“那我猜你不太喜欢我。”

“如果我真的不喜欢你，这会儿你已经死了。”

她转过身穿过通道，消失在了阴影里。

“有道理，”博士说，“显而易见。”

鲍曼正坐在桌边擦拭着巨大的自动冲击枪。直到舱门彻底关闭，他才抬起头看向博士。

“博士。”鲍曼总算开口说话了，他的语气并不太友好。

“船长。”

“我已经很久没有任何正式头衔了。”他说，“在这里我之所以叫船长，是因为‘旅人号’是我的飞船，他们是我的船员。官方上来讲，我们根本不存在。”

“你们是雇佣兵。”

“我们是赏金猎人。”鲍曼往椅背一靠，交叉双臂。他的皮肤被晒得黝黑，全身的肌肉线条十分清晰。他的前臂上有许多旧伤，还有一道可怕的白色伤疤。“雇佣兵只为出钱最多的人干活，我们则猎杀戴立克，领地球司令部的赏金。两者不一样。”

“你说是就是吧。”

“正是。我们只为地球司令部工作。”

“我听说过他们，时刻都战战兢兢的。戴立克在每条前线与他们交战，不断把地球空域的边境线往后推。现在，地球准备不惜一切代价阻止戴立克前进——甚至动用了雇佣兵，或赏金猎人。”

“你觉得这是件坏事？”

“矛盾逐渐加剧。边境地区不断遭受报复性袭击，但没人真的在意。可一旦整颗星球消失了，消息又突然人尽皆知了。不过，仅靠前线的一群刺客来阻挡戴立克并没有用。地球将不得不派出军队——上千支部队，起码有一半的士兵还是孩子，他们参军只因为他们认为这是正当的。”

“你认为不是吗？”

“我不愿看到无辜的人遭到屠杀。”

“戴立克想征服我们所有的星系。我们不得不反抗它们。”

“当然得反抗，可问题就出在你们反抗的方法上。它们想把你们拖入一场漫长而持久的战争中去，因为它们喜欢这样。破坏、残杀、屠戮，甚至消灭……这些全是它们会做的事，而你们的行为正中它们下怀。你们太容易受骗了。”

“你好像很了解它们。”

“了解得相当多。如果你们不够小心，最终戴立克会把所有人都拖入战争中。每一个人类都逃不掉。这就是它们想要的结果。”

鲍曼仔细打量着博士，仿佛在掂量他说的话，同时在考虑是继续追问，还是就地枪决。船长冷漠的眼神难以捉摸，博士猜两者皆有可能。不过就在此时，“旅人号”发动机的震动出现明显的变化，飞船的航向改变了。鲍曼桌上的呼叫器发出哔的一声，史克鲁姆的声音传了出来："船长，我们进入奥罗斯的恒星系了。"

"好，"鲍曼回答，"进入轨道后向我报告。"他转向博士，"坐吧。"

鲍曼的书桌前放了把椅子，博士便坐了上去。他抬起双脚，随意地搭在书桌边上。他很快注意到桌上的全息照片，伸手把它拿了起来，"哇，这是你爸妈？太甜蜜了！你的眼睛像你妈妈，不过看这张照片，她好像没有你这么爱皱眉。我猜她根本不知道你靠什么谋生。赏金猎人，嗯？"

"把它放下！"鲍曼低吼道。

博士把全息照片扔过去，鲍曼猛地一把抓住照片。"好了——你找我来干什么？那个迷人的生物又是谁？你的保镖、打手，还是船宠？老实说，我觉得你看上去不需要以上任何一类。"

"我是不需要，不过科拉尔很特别。她速度快，力量强大，而且非常忠诚。她还有能够刺穿金属薄板的利爪。"

"真的？我从没见过她那样的种族。"

"戴立克把她的母星毁灭了——她是那个种族最后的幸存者。"

"我能理解她的感受。"

"我救了她，"鲍曼毫不掩饰地说，"她奄奄一息，在母星上快被硝烟呛死了。我把她带到'旅人号'上悉心照顾。现在科拉尔觉得自己欠我一条命——从字面意思上来说，她发誓要保护我。”

“老一套，”博士评论道，“但我还是认为你不需要保护。”他朝鲍曼桌上的冲击枪点点头。

“没错，可她还能做什么呢？跟着我，科拉尔能得到自己渴望的东西——摧毁戴立克的机会。顺便提一句，我见过她徒手杀人。上次我们遇上星际海盗时，有一名船员在争斗中受了轻伤。科拉尔立刻扑向开枪的海盗，一爪就把对方的脑袋给削下来了。她的忠诚扩大到了所有船员。”

博士吹了声口哨，“那别的船员呢……他们有什么特长？”

“史克鲁姆是天才电脑专家，同时也是理论科学家——他好像是这样告诉我的，他也是地球空域的通缉犯，所以我很难证实他的说法。但鉴于我们大多数的抗击戴立克武器和防御系统都是他发明的，我愿意相信他。”

“卡丁艾吉呢？”

“他曾经是太空海军里最优秀的成员。只可惜他无法遵守军队纪律，最后落得个开除军籍的下场——好像是因为他谋杀了自己的长官。”

“那斯黛拉呢？”博士小心翼翼地轻声问道，他必须得问这个，“她跟你们这群人——罪犯、杀手，以及手撕金属薄板的人有点格格不入。”

鲍曼盯着博士，“斯黛拉是个好孩子，你只需要知道这一点。”

博士点点头，“我喜欢她。”

“你一点儿也不了解她。”

“我看人很准。”

“是吗？”

“是的，所以你听我说，我并不想再在这里逗留，也知道你不希望我待在这里。既然如此，我们何不忘了这场闲聊并分道扬镳呢？不用劳烦你把我扔出去，只需在奥罗斯把我放下，我们就扯平了。”

鲍曼没有马上回答，而是继续擦拭他的冲击枪，看都不看就把零件组装在一起。

最后，他开口道：“别着急，博士。”

博士看着鲍曼把枪组装完毕。

“是这样的，”鲍曼说，“博士，我一直在考虑你的事。自从我们离开胡若拉以来，这件事就使我内心不安。那颗星球只是被人遗忘在太空边境的一粒微尘，你到底在上面干什么？更重要的是，戴立克到底在上面干什么？它们不会毫无理由地做任何事情，或者到任何地方去。”

“我不知道。”博士回答道，“我本来也不应该出现在那里。至于戴立克，我无法替它们回答这个问题。”

“是吗？”鲍曼丝毫没有掩饰自己的怀疑，“别闹了，博士。

我知道你是间谍。”

“间谍？”

“地球特工，或者说军情人员。否则你为何会在戴立克出现的节骨眼上困在胡若拉上？你甚至拿不出像样的身份证明。你全身上下都写着‘秘密’。‘旅人号’着陆时，周围根本没有任何太空船。我猜，要是我直接问你怎么去到胡若拉的，你也回答不出来吧？”

“这很难解释，真的。”

鲍曼勾起嘴角，“让我猜猜看——如果你告诉我，就得把我杀了？[1]”

“我可能得先不让你哈哈大笑。”

“要不要打个赌？”鲍曼漫不经心地拿起冲击枪指着博士的脑袋，“坦白说，我不喜欢间谍，也不喜欢你。不管怎样，我都要弄清楚你在胡若拉上干了什么，还有戴立克为何也在那里。”

鲍曼桌上的呼叫器又发出哔的一声，一阵杂音传了出来。史克鲁姆说：“船长！我们刚刚进入奥罗斯的轨道……”

鲍曼和博士都从他的语气里察觉到一丝异常和焦虑。“怎么了？”鲍曼问。

“出事了，”史克鲁姆的声音在颤抖，“出大事了。船长，你最好过来看看。奥罗斯在燃烧。”

1.《007》系列电影中的经典台词。

7

行星在燃烧。“旅人号”的船员们透过巨大的左舷观察窗俯视着那颗星球，眼里满是难以置信的恐惧。海浪翻腾，地表开裂，熔化的岩浆从破碎的地壳中喷涌而出，把沿途的一切东西都烧为灰烬，大气中充斥着有毒气体。

奥罗斯是典型的人类移民星球——天然地存在于恒星的温带生物圈内，周围环绕着一颗小小的卫星。它曾是一颗拥有赤道雨林、山峦、沙漠、草原和海洋的美丽星球。为了逃离拥挤的地球，人们成群结队地来到这里。

博士从那片毁灭的光景中抬起头，看见史克鲁姆一脸惨白，眼泪顺着他的脸颊滑落。“有回应吗？”

史克鲁姆摇摇头，“飞船没有事先与他们联络。我们通常并不怎么受欢迎。”

“我们在来的路上看见一些飞船离开了，”卡丁艾吉缓慢地说，“看起来像是逃生船。有几艘还提醒我们马上离开，说奥罗斯要陷落了。”

“最后离开的那艘飞船让我们赶紧跑，”史克鲁姆小声地补充道，“他们说戴立克要来了。”

“旅人号”内突然窜过一股寒气，连科拉尔也往人堆里靠了靠。方才，她正眯着满是怒火的眼睛站在阴影里。

乔恩·鲍曼站在他们身后，犹如一尊俯视地狱的上古神像。濒死的行星发出橙红色的火光，映照在他冷硬的面庞上。“我知道这个，”他低声说，“这是奥斯特哈根方案[1]。”

“他们故意把行星给毁了。”见史克鲁姆面露疑惑，博士解释道，“行星上遍布着核弹，它们全都深埋在地底下。这是一种自毁机制。”

“为了防止敌人占领星球而设计出来的方案。”鲍曼说，“在所有办法都无力回天后才会启用。”

“我知道它是做什么的。”博士冷冷地说，“五百多年前，地球上的人发明出来的。在当时是个坏主意，现在也是。”

卡丁艾吉从窗边退开，十分困惑地用一只手揉着剃光的脑袋。一开始他不知说什么好，但随后开口道：“喂，他们这么做一定有什么原因。”

“你听到他们说的了，”史克鲁姆说，“戴立克要来了。也许只有这样，所有人才有时间逃生。”

1. 通过炸毁整颗行星来抵御外敌侵略。在新版《神秘博士》剧集第四季第十二集中，联合情报特派组将奥斯特哈根之钥交给了玛莎·琼斯。

“对，”卡丁艾吉点点头，“对啊。至少这样一来，戴立克就得不到星球了。”

卡丁艾吉急切地想弄明白他所看到的一切。下面的世界遭受了严重的破坏，已变成一片焦土，而他期望找到某种方式来接受这一事实。不过，博士却满腔怒火，无法克制住自己难以掩饰的厌恶之情。“太蠢了！真是白费力气！”他说，“他们不过是帮了戴立克一个大忙，本来它们也会像那样把星球毁灭了，现在倒好，戴立克都不用自己动手了。”

史克鲁姆瞪了博士一眼，噙满泪水的眼中流露出一丝恨意。“你不准这么说。”他抱怨道。

“抱歉，”博士低声说，“但这就是戴立克的所作所为。”

“我看不下去了。”史克鲁姆从窗边转身，把头靠在舱壁上，整个身体都在颤抖。

“放松点，哥们儿。”卡丁艾吉把手搭在史克鲁姆的肩膀上，然后恶狠狠地瞪了博士一眼。

“你满意了？”鲍曼对博士低吼道，“先是斯黛拉，然后是她的母星。这是怎么回事？”

“我不知道。”博士再一次看向窗外，以避开其他人指责的目光。在行星的表面，一大块破碎的焦土在滚烫的岩浆中分崩离析。“但那不是戴立克干的。”

“你什么意思？”

“那是人类干的。”博士沉痛地说，深色的大眼睛一直盯着星球，“那么多的城市、家园、农场和田地……人类在那个美丽全新的世界上做出的努力全都荡然无存——都遭到了蓄意破坏。那是人类加于自身的创伤。”

鲍曼勃然大怒，“他们还有什么选择？奥罗斯离地球司令部太远了，无法获得保护来抵抗一支戴立克舰队。这是他们自保的唯一方式。别无选择。你明白吗？”

“我只看见了一颗熊熊燃烧的星球，而没看见一个戴立克。”

“那幸存者应该认为自己走运了。”

博士把目光从奄奄一息的行星上移开。他注视着虚空，大脑拼命地思考着。随后，他猛地拍了一下脑门，大喊道：“原来如此！”

所有人都盯着他看。

他抬起头，双目圆睁，突然意识到一件极为恐怖的事，“哦不！哦不，不，不！”

紧接着，他一把推开鲍曼，朝驾驶舱跑去，“我们得与他们联络——警告他们！快点儿！”

鲍曼点点头，卡丁艾吉和史克鲁姆听命跟了上去。

“出什么事了？”当他们来到驾驶舱后，卡丁艾吉问了一句。博士已经完全掌控了控制台，从一块面板旁快速移动到下一块旁，用惊人的速度拨动开关并按下按钮。“喂——哥们儿，你在干什么呢？”

博士都快把自己的头发给揪下来了。“我在尝试联系那些难民。”他急切地说，“飞船上肯定有远程无线电收发系统——可是在哪儿？这玩意儿被修理、更换和翻新的次数比我的塔迪斯还要多！”

“在这儿呢。”史克鲁姆坐进驾驶席，激活了一个控制单元，“这是从一艘老式德拉科尼亚战舰上回收的超链接数据流通信器，它差不多能接通任何主要通信信号。”

“太棒了！”博士戴上眼镜，越过史克鲁姆的肩膀仔细地盯着控制台，“发一道广域通信电波出去，记得要扰乱信号。毕竟我们并不想过多地暴露自己，对吗？”

“现在什么情况？”鲍曼走进驾驶舱问道。科拉尔跟在他后面，仿佛是混在影子中的阴影。

“我们必须警告离开奥罗斯的人，”博士头也不抬地说，“让他们掉头回家。”

“什么？”卡丁艾吉皱起眉，“你是在开玩笑吧，哥们儿……”

“他们的星球在燃烧，”鲍曼说，“他们正努力躲开戴立克，逃得越远越好。”

“是吗？”博士摘下眼镜，死死盯着鲍曼，“你别忘了，我们说的可是戴立克。它们从不会放走任何人，因为它们天性如此。”

鲍曼顿时明白过来，“戴立克会伏击船队。这是个圈套。”

他对史克鲁姆咆哮道，“看在老天的分儿上，赶紧接通！”

“我正连着呢。”史克鲁姆向他保证。只见他的手指在通信控制键上飞快地移动。他全神贯注地工作着，早已忘掉了眼泪。“好了。他们乘坐商业客运飞船和货船离开奥罗斯，还有一部分人乘坐的是私人飞船。整支船队装着星球上所有的人。”

“他们怎么能这么快就组织好？”卡丁艾吉问道。

“那颗星球上可能没多少人，”博士说，“最多只有几千人。他们肯定都居住在主基地附近，或是拥有自己的飞船。另外，恐惧是最大的动力。一旦奥斯特哈根方案的核弹开始倒数，我猜他们的动作一定非常快。”

在驾驶舱的灯光下，鲍曼的脸显得无比严肃。“太快了。”他低声说。

“我还是不太明白——”卡丁艾吉开口道。

“嘘！”史克鲁姆话音刚落，扬声器就传出一阵急促的杂音，“弄好了——我黑进了奥罗斯船队的通信网络。”

博士凑上去，一把抓住麦克风，说：“奥罗斯船队！你们能听见吗？‘旅人号’呼叫奥罗斯船队——你们能听见吗？”

一阵杂音突然传了出来：“这里是奥罗斯船队。”屏幕闪烁了几下，亮了起来。颗粒状的画面上映出一张疲惫焦虑的女人的脸。“我是凡妮莎·雷克斯塔德——”

“你听我说——”博士开口道。

“你要加入船队？”

“不，听我说——”

“你可不能错过我们，”凡妮莎·雷克斯塔德说，“仅这支船队就有将近四百艘飞船了……”

“停下！”博士大吼一声，“掉头！”

“抱歉，你那边听不太清楚。”女人皱着眉说道，画面也扭曲起来，“你的信号受到了干扰，而且那个干扰信号很强……”

博士紧紧握住麦克风，用力得连指关节都发白了。“原地掉头！”他大喊道，“让船队分开！散开！各自逃命！”

“什么？我听不清你说什么。等等——那个干扰信号又出现了，它快压过你那边的声音了。”

扬声器发出一声巨大的杂音，史克鲁姆身体一缩，看着画面突然扭曲成“之”字形，然后消失了。“我们断开了……”他调了几个控制键，“我们还能听见那边的声音，可那边听不见我们说话了。有人把我们的信号给屏蔽了。”

女人的声音又出现了，听起来又响亮又清晰，仿佛她就站在“旅人号”的驾驶舱里。“不明飞船，这里是凡妮莎·雷克斯塔德，我是奥罗斯难民船队的指挥官。我们的母星遭到破坏，我们正在逃生。请表明你的身份。”

在一段漫长的沉默后，舱室里突然响起尖厉刺耳的声音：**“奥罗斯的幸存者！特别注意！”**

“哦我的天！”史克鲁姆轻声说。

博士惊恐地用手掩住嘴，一言不发，看着屏幕上缓缓冒出熟悉的圆顶——戴立克的头部。它的目镜发出明亮的蓝光，几乎占据了整个屏幕。

“我们是戴立克！你们的逃生行为是没用的！准备好投降。”

“求求你们，”凡妮莎·雷克斯塔德的声音变得微弱，就像个孩子一样，听起来十分害怕，“你们……你们得放我们通过。我们是难民船队，正准备前往中心世界。我们不能——”

刺耳的声音打断了她：**“安静！停止航行。你们的船队已被包围。”**

“不，求求你们，你们不可以这样！不行！我们不想战斗！”雷克斯塔德抽泣起来，“我们无法战斗……我们只是私人飞船和商船，飞船上有奥罗斯的全部人口。我们宣告了难民状态……”

“安静！你们摧毁自己的星球，逃到了太空中。”戴立克变得越来越兴奋，声音也变得越来越尖厉，**“你们现已成为戴立克之囚！”**

“我不明白……”凡妮莎开口道。

“我们将登上你们的飞船，并将所有乘客收监。任何抵抗都会遭到消灭。”

“不！你们不能这样！”

戴立克刺耳的声音继续传出：**“为了向其他的难民作出警告，**

你的飞船将遭到毁灭。”

“求求你们，不要……”凡妮莎小声说。

史克鲁姆在座位上转过身，看向鲍曼，“我们得做点什么！”

但鲍曼只是面无表情地盯着通信控制台，无能为力。

博士闭上了眼睛。

“求求你们……饶了我们吧，”凡妮莎哭着说，“求求你们……”

“**消灭！**”戴立克尖声说。

巨大的叫喊声回荡在驾驶舱内，听起来像是令人毛骨悚然的尖叫。然后，信号突然中断，空气中只剩下白噪音。屏幕上的戴立克也缓缓消失了。

史克鲁姆把脸埋进掌心。卡丁艾吉咒骂了一声，低头看着自己的靴子。科拉尔朝鲍曼靠近了一些，而鲍曼只是如同石像一般站在那里，他的双眼眯成两条灰色的细缝，目光似乎穿透飞船，越过宇宙空间，投向了奥罗斯船队曾经存在的地方。

“旅人号”上鸦雀无声。博士轻轻关掉了无线电通信设备。

“没了……”史克鲁姆轻声说，“那个女人……还有那么多人……都没了。全被屠杀了。”

鲍曼将冰冷的目光转向博士，“你知道事情会变成这样。”

“我猜到了。”博士低声说，“戴立克知道幸存者会逃生，它们只需要把自己的舰队开到那里拦截船队。这比攻打星球要简单得多，也快得多。它们杀掉指挥官，再俘虏剩下的人。”

“他们根本没有活下去的机会。”

“对，”博士附和道，“他们没有。”

鲍曼的嘴唇抿成一条紧绷的直线，脸气得发白。“有些事我不太明白。戴立克先是出现在胡若拉上——那里可是荒无一人的边境，接着它们又在这里一口气俘虏了几千人。为什么？这是怎么回事？”

“我不知道。”

鲍曼一把揪住博士的领口，把他的身体抵着舱壁。“不知道才怪！”他怒吼道，“你根本没见过奥罗斯从前的样子！那里的田地、大海还有蓝天！那里的男人、女人和孩子！他们原本拥有一切！”

“我很抱歉……”

“抱歉还不够！”鲍曼把博士甩到舱室的另一头。博士撞在舱门上，身体慢慢滑下来，瘫坐在地。“抱歉根本不够。”

博士忍着痛缓缓站起身，感觉浑身的骨头都在因为刚才的冲击而震颤，他的嘴也很痛。鲍曼硕大的拳头把他西装的前襟都抓皱了。

“别急着站起来，”鲍曼凶狠地说，“除非你想让我再把你揍趴下。”

博士伸出手摸了摸嘴唇，裂开的地方出了点血。

“你知道的远比你说出来的多得多。”鲍曼坚持道，“你知道这一切是怎么回事，对不对？”

史克鲁姆和卡丁艾吉在一旁看着他俩争执。前者一脸紧张，后者则冷笑着说：“哥们儿，你最好向我们坦白你知道的事情，否则我们就要逼你说出来了。”

博士慢慢直起身体，因为跟鲍曼一样高，博士依旧能直视他的双眼，而他也这么做了。他的目光冷静逼人，毫不畏缩。“如果你愿意，大可揍我一顿。”博士对他说，“现在就在这里，动手吧。拿出你最好的状态。如果有必要，你这两个伙计也可以过来把我的胳膊摁住。各位意下如何？”

史克鲁姆摇了摇头，卡丁艾吉也移开了目光。

“别再浪费我的时间了。”鲍曼说。

“我从不浪费时间。所以，动手吧，我就站在这儿！”博士张开双臂，“用你的拳头给我点颜色瞧瞧，把你那些怒火和沮丧都发泄出来。别犹豫了，鲍曼，我身上没有武器。我只是个穿西装的瘦子。怎么了？喂，我再帮你降低点难度。”博士戴上了眼镜，“好啦！动手吧，鲍曼！用力揍我啊！收拾我吧！”

现在，博士基本上是在冲着鲍曼大吼大叫。“旅人号”的船长瞪了回去，一动不动地站在原地，但他下颚和脸上的肌肉却在颤动。怒火一触即发。

科拉尔站到两人中间，“够了。每个人都为奥罗斯感到悲痛。

我们应该去和戴立克战斗，而不是起内讧。”

飞船内一片死寂。

博士缓缓摘下眼镜，把它折起来收在一边，“谢谢你。”

鲍曼依旧怒火中烧，但不知怎的，科拉尔还是阻止了他彻底失控。他对博士吼道：“戴立克在胡若拉上干什么？它们在谋划什么？我们摊上大事了，而我认为你知道这一切是怎么回事。”

所有人的目光都集中在博士身上。

“我不知道，”他对众人说，“我真的不知道，我甚至不应该出现在这里，我在错误的时间来到了错误的地点。事实上，我在错误的时空中出现的次数远远超出你们的想象。”

“你总是像这样说话，”卡丁艾吉咕哝道，“让人一点儿也听不懂。”

“我只想知道戴立克在胡若拉上的北极星站做了什么，”鲍曼疲惫地重复道，“仅此而已。”

史克鲁姆清了清嗓子，“那啥，船长，我觉得我也许有办法查清这一点。”

货舱依旧寒冷，戴立克依旧冻结着，但封冻程度没有之前那般严重了。

一股涓涓细流顺着戴立克的外壳流下来，在基座下方的地面上积了一摊水。水珠不断从枪杆和吸盘臂上滴落，圆顶上也已经看不到多少白霜了。

“这是怎么回事？”鲍曼问。

“它在解冻。”博士瞪大了眼睛，看起来十分焦虑。

“谁问你了？”鲍曼质问他，然后转向史克鲁姆，“这东西不是死了吗？”

“或许它确实死了。”史克鲁姆一边缓缓绕戴立克转圈，一边检查它的外壳，“可能这只是装甲的自动反应机制。”

“可是？”

“对，”卡丁艾吉说，“我也觉得你的语气中藏着强烈的转折。”

“可是……我觉得，”史克鲁姆说，“戴立克的外壳实际上是它的生命维持系统。或许，当冷冻处理装置击中它时，低温并没有杀死里面的生物，而是把它也冻住了。毕竟那才是装置原本的用途。”

“等等。”博士走上前正对着戴立克。他犹豫了片刻，仿佛想要说服自己接下来应该做什么。他从西装口袋里掏出一副旧听诊器戴到耳朵上，把听诊头非常轻柔地贴在戴立克的外壳上。

每个人都安静下来。货舱内只听得见从远处传来的飞船发动机稳定的隆隆声，以及白霜融化后不断滴水的声音。

博士闭上双眼，全神贯注地听着里面的响动。他把听诊头移到外壳的另一侧，又听了一会儿。最后，他又把它贴在戴立克古铜色外壳的黑色颈部格栅上。

下一个瞬间，博士猛地睁开双眼，眼中的瞳孔都扩大了。他直起身体，迅速向后退开。“它还活着。”他小声说，“里面的生物还活着。”

“我就知道！”史克鲁姆低声说。他盯着戴立克，眼中闪着异样的光。越来越多的水顺着它结霜的圆顶向下流到基座。“它在给自己解冻。它的外壳正在自动完成这项工作。”

“这可是个坏消息。”卡丁艾吉说。

“是最坏的消息。”博士肯定道，“它现在还没有足够的力量控制装置，但这只是时间问题……”

鲍曼说：“博士，我对你的观点并不感兴趣。我只知道我们抓到了一个活的戴立克，应该还没有人做过这件事。”

“何止如此，”史克鲁姆兴奋地说，“它的解冻速度非常慢，它现在任凭我们处置。如果我们把它的武器和自毁系统破坏掉，它就变得毫无危害了。”

博士皱着眉看向他，“没有一个戴立克是完全无害的。”

“你打算怎么做，史克鲁姆？”鲍曼问。

“我打算把这东西打开，”史克鲁姆回答，“问它几个问题。”

8

“旅人号”内突然一片忙碌的景象。史克鲁姆和卡丁艾吉着手把戴立克固定起来，不断把设备和工具推进货舱，他们的动作专业而迅速。

鲍曼正朝自己的舱室走去，博士在通道里追上了他。“关于这件事你是在开玩笑吧？”

“我很严肃。”鲍曼扭过头说，“这是从活着的戴立克身上获得第一手情报的绝佳机会。此前从未有人干过这种事。”

“鲍曼,这只会是让我们全都死掉的绝佳机会。”博士反驳道，“你为何不把它带回地球司令部？让他们来处理那个戴立克。”

“不可能，地球司令部离我们太远了。博士，我们可是处在深空中，没有人能听见你絮絮叨叨的抱怨。”

“鲍曼，我是认真的——”

“我也是。博士，我们只能靠自己。这里只有我们和那个戴立克，我为这个机会已经等待很久了。”

博士恼怒地倒抽一口气，“你在折腾你根本不了解的东西！”

鲍曼突然对博士发难：“不，”他怒吼道，“我太了解戴立克了！在我的整个职业生涯中，我都在跟它们作战。一直都在作战。我曾亲眼看着那些东西击倒了我的士兵和朋友，他们瞬间灰飞烟灭，就好像从来没有存在过。我们都听见它们冷血地消灭了奥罗斯的指挥官……”

“相信我，没人比我更清楚戴立克能做出多么残忍的事，可——”

“真的吗？”鲍曼在他的舱室门口停下脚步，狐疑地看着博士，“那东西杀了斯黛拉。你应该也知道戴立克的枪杆是如何运作的：当开足火力的时候，它发出的中子能量束在一瞬间就能把人炸得粉碎。可戴立克从不那样做。每个戴立克都会把火力调到特定的强度，它们甚至还会再调低一点儿，这样一来，能量束将从外到内一点点烧毁人的中枢神经系统，让他在极端痛苦中死去。所以，戴立克消灭一个人要花上两三秒钟的时间——而它完全是故意为之。”

“我知道，”博士说，“那些我都知道，但那并不意味着你要做的事是对的。你不能把替斯黛拉复仇当作理由。”

鲍曼只说了一句：“我要的就是复仇。”

卡丁艾吉用装货机把戴立克倒吊起来，抬升器的巨大金属抓手把它的基座紧紧夹在中间。戴立克悬在半空中，圆顶正好与史克鲁姆的脑袋齐平。

“完美。”史克鲁姆朝他竖起了大拇指，“你试试能不能把它的吸盘臂也控制住。”

卡丁艾吉在装货机的遥控单元前熟练地调整起来，抬升器的强力金属钳把戴立克的吸盘臂牢牢抓住。卡丁艾吉施加扭矩，金属钳开始缓缓夹紧，用力得连金属管都凹了下去。戴立克完全动弹不得。

货舱的舱门滑开，博士双手插兜，闷闷不乐地走了进来。他看向戴立克，把头歪到一边，皱着眉问：“干吗要把它倒吊起来？”

“装货机的重力场能抵消戴立克的抬升组件的影响。”史克鲁姆解释道，他正绕着戴立克打转，仔细检查着圆顶和颈部，“我还装了高频无线电波干扰场，应该能抵消动作组件的影响。”

博士点点头，赞叹不已，“对，也许能起作用，我自己也干过好几次。至少能干扰导航系统，或许也能影响动作组件。不过，干扰场坚持不了多久。你顶多有十秒钟，然后外壳就会想办法撤销干扰场了。”

“十秒钟足够了。”

“你们知道这么做是错的，对吧？”博士随手拿起旁边工作台上的几件工具，检查了一下，又把它们扔了回去，“错了，错了，错了，大错特错。”

卡丁艾吉露出轻蔑的表情，“我们知道自己在做什么。”

“大错特错的其中一点就是，”博士继续道，“这是一种疯狂的、明显的、荒唐的、危险的方式。”

“喂，我们可是戴立克赏金猎人，哥们儿。我们就是吃这口饭的。史克鲁姆做好了各种保障。”

史克鲁姆清了清嗓子，“实际上，我希望你可以来帮把手，博士。”

“想都别想。”

“你可能不赞同我们要做的事情，可是你一定想确保戴立克真的毫无防备了。”

“戴立克从不会毫无防备。”博士叹了口气，他若有所思地噘起嘴，缩起腮，深深地吐出一口气，又挠了挠后颈，“哦，好吧。但我并不是赞同你们的行为，而是不想让戴立克从外到内烧掉我的中枢神经系统，或者看到你们遭遇同样的事。”

“我们已经把戴立克固定住了。它已经失去视力，不过——”

“小心那个搋子。”博士把史克鲁姆从戴立克旁边拉开，警告道，“我曾亲眼见过那玩意儿像这样捏碎了砖头。”他猛地握紧拳头。

“呃，谢了。好吧，我刚才说到——戴立克已经失去视力……”

“视力受损。”博士咕哝道，“它们喜欢用这个词语。不过别忘了，它全身上下都覆盖着感知系统。”

“我担心的其实是枪。”

“对，确实得保证那玩意儿不能用。”博士戴上眼镜，检查起了武器，“最好把它整个拆掉。”

“拆得掉吗？”

“趁它还在解冻，我们可以试一试。”

博士架起梯子，以便能更方便地检查枪杆的底座。他拿出音速起子，“在球窝接头的周围固定着四颗螺栓，看到没？我们得先把它们拆下来，才能弄清楚里面有什么。”

史克鲁姆睁大了眼睛，“你能做到吗？”

“我试试吧。”博士说着按下了音速起子的开关。

鲍曼在舱室里存了一瓶德拉科尼亚布兰卡陈酿。他拧开盖子，哗哗地把酒倒进塑料杯。他盯着酒看了一会儿，一口气喝了下去。液体顺着他的喉咙一直灼烧进胃里，他闭上眼细细品味着它的风味。

“呸，从来就没喜欢过这玩意儿。”他的脸都扭曲了。

“那你还喝？”科拉尔走到灯光下。

“偶尔喝一次。”鲍曼把杯子放回桌上。

“为什么？”

“这是传统。在这种时候，人需要点勇气。”

“它能给你带来勇气？”

“不，它只能让你误以为自己有了勇气。只要喝得够多，你就会认为自己是全世界最有勇气的人。”

“那如果你喝得过多呢？”

“那你想什么就不重要了。”

科拉尔坐在桌子的一角，“博士呢？你觉得他怎么样？”

“难道还不明显吗？他就是个狂妄自大的书呆子，觉得自己特别了解戴立克。”

“或许他真的很了解它。”

鲍曼认真地看着她，“你是这么想的？”

“他和你不一样，可他确实很了解戴立克。”

“你怎么看出来的？”

“我看到了他眼里的恐惧。”

“嗯。”鲍曼重新拿起塑料杯和酒瓶。

科拉尔把手搭在他的胳膊上，不让他再倒第二杯。“假如你越了解戴立克，”她说，“你就会越害怕它们。”

博士极其小心地把戴立克的枪杆取了下来。底座上的黑色球体通过电线和弹力软管与可旋转的肩部组件内部相连，能为武器提供威力惊人的火力。

“拿稳了。”他对史克鲁姆说。后者伸手接过枪杆，看着博士朝敞开的插槽里面窥视。

“你得按照正确的顺序切断正确的接线。”博士拿着音速起子对准里面，小心翼翼地进行了几次切割，声音小得像耳语一样，“这跟拆弹有点像。”

“你以前拆过炸弹？”卡丁艾吉在他身后探头探脑地问。

“对，拆过不少。”博士集中注意力继续工作了一会儿，“好了！非常好！出来啦！”

他拽出最后一串电线，让枪杆彻底脱离了本体。史克鲁姆把它抬到工作台上，小心地放了下来，这玩意儿比看起来重得多。

“小心点总没错。”博士一边走过来对他说，一边拿抹布擦着手，“球窝接头装有压缩的能量储备，还够它再开几枪的。”他将音速起子对准枪杆底端，一阵刺耳的嘎嘎声过后，枪杆开始冒烟。

“好了。”博士关掉起子，“我已经把控制联动装置给焊死了，它没法再杀人了。”

“这么容易？”卡丁艾吉看了看枪杆，又看了看音速起子，“你那玩意儿真不起眼，看起来没啥特别的。”

“它可特别了！”博士马上反驳道。他举起音速起子，仔细打量了一番，说：“它非常特别！”

“随便吧，反正它三两下就解决了戴立克的枪杆。”

博士的脸沉了下来。他摘下眼镜，“只因为枪杆已经从戴立克身上拆下来了，否则音速起子也不会起作用。”

就在此时，鲍曼走了进来，科拉尔紧随其后。他看了一眼倒吊的戴立克，又瞥了一眼博士，“他在这里干什么？”

“他在帮忙。”史克鲁姆说。

鲍曼一脸怀疑。博士赶紧摇摇头，“哦，不，并没有。算不上帮忙……”

“不，他就是在帮忙。”史克鲁姆朝工作台上的枪杆点点头，“我们全靠他才把那玩意儿拆下来。”

“我并没有帮什么忙，”博士坚定地说，“我只是不希望你们受伤。”他看了一眼鲍曼，“好吧，你们中的大多数人。”

鲍曼和科拉尔交换了一个眼神，但两个人都没有说话。最终，鲍曼转身背对着博士，对史克鲁姆说：“情况怎么样？”

“我们已经准备好了。外壳已经固定好并解除了武器，我们可以用干扰场阻止里面的生物启动自毁模式。”

“现在我们只需要把这该死的东西打开。”卡丁艾吉说。

鲍曼缓缓绕着戴立克走了一圈。它一动不动，仅剩的吸盘臂没有一点儿动静，脑袋上的发光器也没有一丝亮光。“你确定这里面的东西还活着？”

“只有一个办法能找到答案。”史克鲁姆说。

“好吧。”鲍曼点点头，“开工吧。我有几个问题要问它。”

“没用的。”博士靠在门边，交叉双臂，“审讯戴立克毫无意义。它不会告诉你任何情报，你也找不到可以让它开口的方法。”

鲍曼看着他，扬起一边眉毛，“你试过吗？”

片刻的沉默之后，博士说：“没有。”

鲍曼又重新转向史克鲁姆，“把它打开。”

卡丁艾吉上前一步，打开了激光切割器。

“等等！”博士喊道，“最后一件事！别忘了那个外壳同时也是戴立克的生命维持系统。如果你把它打开，里面的生物就会慢慢死去。”

鲍曼耸耸肩，“你觉得我会关心这个吗？”

“这是谋杀。”

所有人的目光都集中在博士身上，他知道这些人都在想什么。鲍曼大声说出了大家的想法：“那斯黛拉呢？你管她的死叫什么？”

“你开始同情戴立克了？”卡丁艾吉愤恨地说。

“不。只是……”博士深吸一口气，“这样做是不对的，我不会参与这件事。”

鲍曼勾起嘴角，似乎他对博士最糟糕的看法得到了证实。他再次转向其他人，“开工吧。”

卡丁艾吉拿着激光切割器走了过去，但科拉尔上前挡住了路，他只好疑惑地关掉激光。博士突然看到了一丝希望。

可是，科拉尔只是说了一句：“为了斯黛拉，我想做这件事。”

“没问题。”鲍曼说，“让她动手吧。”

泛着金属光泽的利爪从科拉尔的指尖弹了出来。爪子极其锋利，在电灯下闪闪发光。她走上前，把手掌像刀片一样绷直，将指尖对准戴立克肩部组件的中缝。这条中缝比头发丝还细，很难被发现，其左右两侧是枪杆和吸盘臂的底座。由于戴立克处于倒吊的状态，它的圆顶和颈部位于肩部的下方。科拉尔集中注意力，眯起了血红色的眼睛。突然，她爆发出巨大的力量，将手指刺了进去，伴随着猛烈的火花，利爪穿透了金属。

戴立克没有任何反应。博士看得又惊骇又着迷，他觉得那些利爪一定硬如钻石，并且极为锋利。但即便如此，还得有高度的注意力和强大的体力才能达到那种效果。

科拉尔将爪子伸进刚刚戳穿的缝隙里，猛地将两块底座往反方向拉开，根本没费什么力气。一开始，金属发出可怕刺耳的声音以示抗议；紧接着，随着巨大的漏气声，液压推动力从里面打开了戴立克的外壳。当隐藏的铰链和滑片移动时，外壳的碎屑纷纷剥落。

里面的生物露了出来。那东西苍白濡湿，像鼻涕虫一样在敞开的机器里蠕动。灯光刺得它缩了起来。

“把它拿出来。”鲍曼命令道。

史克鲁姆和卡丁艾吉各拿起一根像船钩一样的长金属棍，朝戴立克走去。

“别这样做。”博士劝阻道。

没有人理睬他。卡丁艾吉一脸厌恶地用棍子戳了几下变异生物。那东西缩回了自己的保护壳里，但已经无路可退。史克鲁姆的双手在颤抖，他猫低身体，也把自己手上的棍子伸了进去，想要找到支点。

两个人像挖牡蛎一样把里面的生物一点点挑了出来。一股恶臭——纯粹邪恶的气味——扑面而来，就像是腐烂的东西因封存太长时间而散发的气味。

史克鲁姆和卡丁艾吉本能地向后退开。很难说他们是出于恐惧，还是出于谨慎。卡丁艾吉扔掉棍子，把枪拔了出来，汗湿的黝黑面庞上写满了厌恶。

科拉尔小心谨慎地观察着戴立克，准备随时出击，鲍曼则只是一脸冷漠地抱臂站在一旁。

戴立克从巢穴里缓缓滑了出来，在身后留下浓稠的黏液。它发出骇人的、长长的吮吸声，然后一下子露出了全身。由于被装甲卡住了，它没有直接落到地上，而是悬挂在半空中，一边左右摇晃，一边滴着黏液。湿滑的触手啪嗒一声落了下来，其中几只甚至有一米多长。有一只触手垂到了地上，一动不动。

“它死了吗？”鲍曼问。

“真是浪费时间。”卡丁艾吉咕哝着放低枪口。

“等等！”博士低声说，“你们看……”

他指着那个怪物，在连接着戴立克与装甲的一团电线中间，有一只眼睛露了出来。

那只眼睛正在睁开。

9

那只黄色的眼睛布满了血丝，眼珠里有一个红黑色的瞳孔。

没有人说话。这里突然显得十分闷热拥挤，比起货舱更像是监狱的牢房。所有人都真真切切地感受到自己正在目睹某种惊人的东西。

那只眼睛抽搐了一下，眼珠微微转了转，好像在恢复视力。

“哥们儿，”卡丁艾吉说，“你可真够丑的。”

“安静！”博士厉声道，“我想你应该不是斯卡罗上的头号海报男孩吧？”

“不是，我猜那应该是你。”卡丁艾吉说。

“除非那是‘通缉’海报。”

“你们两个闭嘴！”鲍曼走上前，低头看着那个变异生物，“你能听见我说话吗？”

他听到了微弱而含糊的回应。奇怪的是，戴立克圆顶的灯也有气无力地闪了几下。

“它还连着外壳。”史克鲁姆凑过去，仔细查看从变异生物体内连接到外壳内部的电线和软管。

“退后！”博士大喊一声，一把将史克鲁姆拽到一边。与此同时，戴立克固定住的吸盘臂突然伸长，黑色的搋子似乎想要抓住史克鲁姆的脑袋。

“哇哦！”卡丁艾吉举起枪，对准那只一眨一眨的眼睛，“待着别动，小子。”

搋子抓了个空，吸盘臂在装货机牢固的钳制下剧烈地颤动起来。戴立克发出长长的绝望的低吟。

“这回你懂了吧？哥们儿，”卡丁艾吉说，“我们把你给——”

“够了！”鲍曼低吼一声，转向了戴立克，“你在‘旅人号’飞船上，我是船长乔恩·鲍曼，这些是我的船员。你现在是我们的俘虏。”

“我想它已经看出来了。”博士说。

“你别掺和进来。”鲍曼警告道。

“我偏要。”

“你不许掺和。如果你反对，我就让卡丁艾吉把你给扔出去。懂了吗？”

卡丁艾吉冷冷地看了他一眼，以强调鲍曼的警告是真的。

“你是出现在胡若拉上的戴立克小队成员。”鲍曼继续对吊在半空中的变异生物说，“你们在那里干什么？”

“它不会回答你的。”博士说。

“卡丁艾吉。”鲍曼说。

看见卡丁艾吉向自己走来，博士马上举起双手，“好吧，好吧！我再也不说话了——反正戴立克也不会开口的。”

鲍曼微微一笑，“我们走着瞧。喂，戴立克，我知道你能听见我说话，我也知道你能听懂。”鲍曼蹲下来，让自己的目光与戴立克齐平，“我们都是类人生物，都可以讲道理。你说了算。跟我们说话，把我们想知道的事情说出来，你就会过得轻松一些。要是你不合作——好吧，那我只能说你不会过得很轻松。我不希望把场面搞得太难看，但如果非得那样……我也只好顺其自然了。”

戴立克凶狠地瞪着鲍曼，毫不掩饰憎恨之情，但它并不开口。

“这就是你的最终回答？”

那只眼睛闭了起来。

“行。”鲍曼直起身体，“史克鲁姆，你准备好我要的仪器没？”

史克鲁姆把一辆小型仪器拖车推上前去，车上摆放着一系列工具。

“你一定是在开玩笑。”博士说。

“我很认真。”鲍曼冷冷地说。

“我不同意你这样做。”

鲍曼扬起一边眉毛，“你在这里并不管事儿，博士，我才是管事儿的人。我有几个问题要问这个丑陋的混蛋，并且要得到答案——哪怕不择手段。”

“鲍曼，你本可以做得更好！”博士激动地争辩道，“你是人！别这么做，你要捍卫你的信仰。”

“我要捍卫斯黛拉，也要捍卫奥罗斯上的人。你要捍卫什么，博士？”

“比那些更重要！”博士指着变异生物说，“捍卫人性！”

“那可是非常宝贵的东西，”鲍曼叹气道，“但它对戴立克而言毫无价值。戴立克甚至都不懂人性，它们只想消灭人性，为了实现目标不惜一切代价。你知道它们会的。戴立克将不顾一切消灭人类，而我根本无力阻挡。”

“这里只有一个戴立克，而且它毫无防备。”

“所以我猜今天是我的幸运日了。”鲍曼从仪器盘里拿起其中一件工具，打开了开关，工具的顶端爆发出噼啪声，“这个戴立克能够把我想知道的所有情报都告诉我。现在，你要么留下来看看，要么走到外面去——如果你实在看不下去的话。”

“鲍曼，如果你现在放弃了人性，那在你动手之前，戴立克就已经胜利了。”

鲍曼犹豫了一会儿。他眉头紧蹙地盯着能量放电器的顶端。最终，他说：“抱歉，博士，我现在可负担不起奢侈的人性。”

“我会阻止你的！”博士咆哮道。

“不，你不会。”卡丁艾吉把枪口对准博士的脑袋，“再多说一个字，你就能用额头削铅笔了。”

博士冷冷地瞪了他一眼，又转向史克鲁姆，“你怎么看，史克鲁姆？你也会参与这件事吗？”

“你知道我会的。”史克鲁姆小声说，把目光转到一旁，“出去吧，博士，趁你还能出去。”

博士做了个深呼吸，意识到自己已经失败了。科拉尔站在房间另一头谨慎地看着他，眼神难以捉摸。

最后，博士低头看向戴立克。那东西发出微弱的咯咯声，仿佛只是在咳嗽，圆顶的灯也亮了一下。那可能是神经反射，也可能是表达谢意，甚至有可能是一句辱骂。那个举动可能包括一切含义。

博士紧闭着嘴唇离开了货舱，舱门在他身后关上了。

他在门外的通道上来回踱步，怒火中烧。他从未感到如此无助。他曾面对许多的困难，与各种生灵、外星人和怪物有过奇怪而致命的遭遇，但每次总有一群人类阻挡他的脚步。愚蠢的、顽固的、恼人的人类。

博士再一次感到无比孤独。他渴望有一个像玛莎或多娜[1]那样的同伴，有一个能够理解他并且愿意帮助他的人。他想到了斯

1. 玛莎·琼斯和多娜·诺伯尔，两位都是第十任博士的同伴。

黛拉，心里突然涌起一阵悲痛。她肯定能理解他，也肯定会帮助他。

博士长叹一声，靠在了货舱对面的舱壁上。他能听见里面的声音，但分辨不出他们在说些什么。他知道戴立克不会开口，只是不知道它还能不能说话。在遭受了冷冻处理和解冻时的伤害后，它的损伤程度根本无从得知。或许，它差不多成了植物人，完全无法思考或行动。

他宁愿它已经死了。

“快想！”他命令自己，用拳头的关节抵着太阳穴，又不断拨乱自己的头发。他得做点什么，随便什么都行，肯定有什么办法能阻止他们。

他突然想到自己应该行动起来，便转身向驾驶舱走去。或许他可以劫持这艘飞船，强迫他们停下来；抑或把所有的能源从货舱里抽走，让仪器和工具都无法使用。

博士正准备伸手去拿口袋里的音速起子，舱门突然打开了。他抬起头，一脸惊讶，露出满怀希望的表情。

科拉尔走了出来，舱门在她身后自动关闭。她朝博士走来，“船长派我来阻止你干任何蠢事。”

“干蠢事的人可不是我。”

“把你的音速工具收回去。”

博士用恳求的眼神看着她，“科拉尔——你可以阻止这场疯狂的行动。你知道你能行。”

“也许吧，但我并不想阻止。”

“可是，科拉尔——”

“没什么‘可是’。”她抬起一只手，把利爪弹了出来，“要是你聪明的话，就照我说的做。”

“是吗？”博士垂下肩膀，把起子放回口袋，“好吧，你已经表明了你的立场。”

当利爪收起来时，她的脸上闪过一丝微笑，“鲍曼猜你会试着故意破坏飞船，或做点别的什么来阻止他。”

“他猜对了。”

“我会确保那些事不会发生。”

博士没有回话，只是低头看着地面。两个人都听到了鲍曼开启能量放电器时传出的刺耳噼啪声。在货舱厚重的舱门背后，声音听起来有些模糊不清。

博士闭上了眼睛。

紧接着，一声痛苦的尖叫传了出来，听起来又可怕又刺耳，显然是戴立克遭到了电击。当痛苦结束之后，戴立克不由自主地发出一声长长的含糊的呻吟。

科拉尔面无表情地盯着前方。

博士倒在地上，双手抱住了头。

10

尖叫声又持续了整整一分钟，博士终于崩溃了。他一跃而起，朝货舱冲了过去。可科拉尔抢先一步，将利爪抵在了他的喉咙上。博士感觉爪子冰冷而锋利。

“在我的家乡红天落，我的族人会独自猎杀库格兽，我们敬它们为强大的敌人。每头库格兽都长着毒牙，披着厚厚一层全副武装的兽皮，这就是为什么我们进化出了这些爪子。”

“我敢说它们肯定很有用。”博士纹丝不动。

“有了它们，我能一爪撕开一头成年的库格兽。我早已见惯了极端的暴力和流淌的鲜血。博士，你对我来说还不如一头库格兽。如果有必要，我会毫不犹豫地杀了你。”

“对，我看出来了。”博士极为小心地举着双手从门口退开，“可是科拉尔，告诉我——当你猎杀那些库格兽时……你也会折磨它们吗？”

她没有回答。他们只能听到能量放电器的噼啪声。

博士倚靠在舱壁上，“我们现在做什么？站在门外听那东西尖叫着死去？”

“如果有必要的话。”

“可问题就在这儿。”博士咬牙切齿地挤出几个字，“这没必要。”

“红天落也没必要遭到毁灭！”博士头一次看到科拉尔失去冷静，尽管她只是微微失态。“戴立克把我的母星夷为平地。它们屠杀了所有人，破坏了所有东西，消灭了整个种族！”

“它们是那方面的专家。”

“而你指望我袖手旁观，任凭它们免受惩罚？”科拉尔愤怒地盯着他，“我是唯一的幸存者！最后一个族人！除了我之外什么都没有了。”

“是的，”博士悲伤地说，“我懂。”

她摇摇头，“你什么都不懂。”

他凑了过去，直视着那双充满怒火的眼睛，没有丝毫躲闪，“让我进去，科拉尔。别让鲍曼继续折磨它了，让我去跟它谈。”

“你？”

“对！我能让它开口说话！”

通道里又充斥着新一轮的尖叫。戴立克的声带——或者说它的发声器官——发出了粗重而虚弱的咯咯声。声音猛然中断，取而代之的是可怜的呜咽。

“如果还来得及的话，”博士坚持道，“我能让它开口说话。

我知道怎么从它嘴里套出情报来。”

“你在糊弄我。”

博士死死盯着她，眼睛都不眨一下，“相信我！”

通道里十分安静，充满了各种可能性。最后，货舱开门的声音打破了沉默。

博士和科拉尔像意外被人撞见的情侣一样迅速分开，但没有人在意他们的举动。

鲍曼站在门口。他垂下了宽厚的肩膀，脸上全是汗水。一股闷热的空气裹挟着难以言喻的恶臭扑鼻而来。

“结束了。”他低声说，“它死了。”

史克鲁姆和卡丁艾吉紧随其后。史克鲁姆直犯恶心，面无血色。卡丁艾吉的脸上刻满了厌恶或恐惧的神情，手里还拿着棍子，它的另一端裹着浓稠的绿色黏液。

鲍曼走开了，史克鲁姆在他的招呼下听话地跟了过去。卡丁艾吉停下脚步，抬头看向博士，“如果能安慰到你的话，”他低声说，“你说得对，那东西一个字也没说。”

博士只是鄙夷地看着他。

卡丁艾吉转向科拉尔，“船长叫我们都到厨房去，”他对她说，“开个会。”

货舱的舱门依旧敞开着，里面一片漆黑，只能看到应急灯发出的暗淡的红光。博士猜测，应该是鲍曼的能量放电器烧坏了照明电路。现在，货舱看起来就像一个微型地狱。

博士不去理会那股恶臭，走进了货舱。

戴立克的残骸躺在地上，倒吊的外壳在它的上方。它非常小——肿胀的脑囊像烂瓜一样泡在一摊深色的油膏里。几只像鱿鱼须一样的触手盘绕在尸体周围，切断的触手则堆在地上，仿佛是一窝死掉的蠕虫。

戴立克的外壳又冒出了更多根管线，史克鲁姆和卡丁艾吉一定是把那东西从保护壳里彻底挖了出来。一串串闪光的黏液滴了下来，就好像有一头奇异的金属怪兽淌下口水，把胃里消化了一半的东西吐到了地上。

博士小心翼翼地跪在死去的戴立克旁边，戴上了眼镜。在应急灯的红光下，他很难看清什么东西，但他还是想检查一番。戴立克永远不值得相信，哪怕它已经死了。

就在此时，那只眼睛微微睁开了。

“你还活着！”博士的声音小得像耳语一样，语气里充满了惊讶。

那只眼睛又缓缓闭上了。

“哦，得了吧。”博士说，“你可骗不了我。”

戴立克再次睁开眼睛，眼珠在受伤的眼窝里转了转，最终把目光落到了博士身上。不知道戴立克是否真的能看见博士，或许，它只是认出了他的声音。

“是我啊，”博士说，“压境的风暴[1]。”

那只眼睛睁大了一点儿，红黑色的瞳孔突然缩小。戴立克发出含糊不清的咯咯声。

“或许你只知道我是博士。”

它又发出咯咯声。

“这就是跳跃时间线的麻烦之处。”博士说着坐在了地板上，“很难判断我们到哪一步了。戴立克的历史早在时间大战之前就够混乱的了。”

“**博……士……**”

他后颈上的汗毛真的竖了起来。博士咽了口唾沫，一时间无言以对。最终，他只是应了一声：“嗯？”

“**唯独……在……最后……你才出现……**”戴立克用尽全力说道，颤抖的声音难以分辨，“**来幸灾乐祸。**”

“不，”博士摇着头说，“不，我没有幸灾乐祸。”

“**那就……杀了……我……**”

“我不能这么做。”

“**懦夫。**”

“你没必要跟我吵。”博士说。

1. 远古时代的戴立克给博士取的绰号，详见新版《神秘博士》剧集第一季第十三集。

“那……你为什么来了？”

“我来并不是为了和你吵架。即使是你也得承认，你已经完蛋了。”

“戴立克……永不……投降。”

“那是你的问题。跟你们讲道理没有用，因为你们都是一根筋。我敢打赌，要是你还能开枪，你肯定当场就把我消灭了。”

“没错！”

“在这种情况下，任何有理智的生物都会乞求饶命，乞求怜悯。”

“戴立克从不乞求。”

“我知道。不过你要是早点开口，就能免去许多麻烦了。鲍曼只想跟你说说话。”

“鲍曼？”

“就是那个……审讯你的人。”

“他失败了。”戴立克嘶哑的声音里透出一丝得意，“我本不应该……允许自己……遭到俘获，但他的失败……更胜于我。不管他对我做了什么……我都不会开口。”

“好吧，真让人佩服。”

“人类根本不懂审讯。”

“哦，很可惜，我觉得他们懂。这不是他们讨人喜欢的品质，可他们的确知道如何施加痛苦和折磨，我可以向你保证。”

“**不出我所料**。”

博士动了动，“不，不对。人类也懂得爱和仁慈，还有慷慨和宽容。他们能够做的——或愿意做的好事数不胜数。不像你们，你们只知道痛苦。”

“**所以我们将会胜利**。”戴立克说，“**我们懂得痛苦，人类不懂**。”

博士很想知道戴立克这番话是不是经验之谈。它通过那么多根金属和塑料的管线，把自己连接到了那台狭小的生命维持系统上。它从未离开那里半步，直至今日。想到这里，博士意识到这确实可能是经验之谈。

戴立克继续嚷嚷道：“**人类将被击败，所有人类将不复存在，戴立克会把他们从宇宙中抹去！**”

“绝不可能。”

“**戴立克会胜利！没有东西能阻止我们改变历史——哪怕是你，博士！**”

“你神经错乱了。”博士轻蔑地说。

“**戴立克会征服和毁灭**。”那东西发出刺耳的声音，似乎充满了回光返照的活力，“**我们将在创始之初消灭一切人类！我们将征服时间和空间！未来将属于戴立克！**”

博士凑上去，一脸怒容，“哦，是吗？那好吧，你给我听着：我已经看过未来的景象了。你们会变得无比贪婪和疯狂，最终不自量力，毁了自己。征服时间和空间那一套全搞砸了。”博士又凑近了一些，直到能闻到戴立克身上的臭味儿，“你们都将死无葬身之地。不管你们多么想要卷土重来，还有多少残余，我永远都会阻止你们。所以记住了：风暴就要压境了！”

戴立克瑟缩了一下，可即使在生命的最后一刻，它依旧没有放弃反抗，**“你在我无力回击的时候威胁我。你只是来目睹我死亡的，但戴立克终将胜利！戴立克永远都会生存下去，我们终将成为宇宙的霸主！”**

戴立克的临终之言化作一声歇斯底里的呻吟。它抽搐了一下，身体渐渐瘪了下去，那只眼睛也永远闭了起来。博士确信它这回是真的死了。为此，他感到极大的解脱。

突然，他灵光一闪，把戴立克说的话迅速联系到了一起。他意识到了什么，马上站了起来。博士警惕地睁大双眼，胡乱拨弄了几把头发。“原来如此！”他猛地大喊一声，把手掌根拍向自己的脑门，“那就是它们在胡若拉上做的事！”

紧接着，他转身冲出了货舱。

房间内安静了片刻。一道阴影从货舱的角落钻了出来，科拉尔跟在博士身后走了出去。

厨房里一片沉默。鲍曼把一只手攥成巨大的拳头，撑在下巴上。他坐在那儿，陷入了沉思。史克鲁姆坐在凌乱的桌边，卡丁艾吉则瘫坐在另一把椅子上，闷闷不乐地擦着他的突击步枪。没有一个人看向彼此。

“完全是浪费时间，”过了一会儿，卡丁艾吉嘀咕道，“不过我很高兴我们做了这件事。”

史克鲁姆看着他，眼神空洞。“为什么？”他愤恨地问了一句。

“因为这让我感觉很好。”

“是吗？”

卡丁艾吉移开目光，“好吧，感觉可能不怎么好。就好像……好像那东西在嘲笑我们，在它的心里嘲笑我们。它似乎对我们的所作所为都照单全收了，戏弄了我们所有人！”

“别傻了。”

“它根本不打算告诉我们任何事情。”

“那不重要。”鲍曼突然开口道，他直起身体看了看两名船员，他的眼窝深深凹陷，眼睛里充满了倦意，“我们是为了斯黛拉。”

“但那样做并没有让她活过来，对不对？”史克鲁姆沮丧地说。

“我本来不打算那样做，可那个戴立克实在活该。”

史克鲁姆还是不怎么信服，“我认为斯黛拉不愿意看到那样。”

“我还认为斯黛拉不愿意被那个混蛋射中后背呢。”卡丁艾吉说，“船长说得对，戴立克是活该！都别说了。”

他们再次陷入沉默，每个人都为刚才的争执闷闷不乐。

就在此时，博士猛地冲了进来，浑身散发着活力。“你们对阿克海恩之门有多少了解？”他问道。

三个人同时看向他，“什么？”

“我刚才跟你们的戴立克聊了一会儿。”博士解释道，“就是戴立克还剩下的那部分。”

“你干什么了?！”鲍曼低吼道。

“它死了。”卡丁艾吉说，“我们把它给杀了。”

“对，它现在是死了。”博士同意道，“是的，你们确实把它给杀了。不过刚才，在那些古老的变异基因里还残存着一丝生命的火花。它突然变成了话痨，开始和我诉说关于戴立克准备将人类从历史上抹除的伟大计划。”

“你在说谎。”鲍曼说着站了起来，他魁梧的身材基本上把小厨房给填满了。

“不，”科拉尔出现在门口，“他没说谎。”

博士疑惑地看着她。

“刚才我也在货舱里。”她对博士说，“我都听见了。”

“真的吗？”博士问了一句，想等她继续说下去，可她只是回瞪了博士一眼。

“打断一下，”卡丁艾吉插嘴道，“它怎么会跟你说话？”

“不知道。”博士欢快地承认道，“可能是因为我迷人的人格魅力，也可能是因为我没用尖锐的棍子戳它，或者用五万伏特的电流刺激它。谁知道呢？”

“那可能是它的临终自白。”科拉尔说。

“不管怎么说，我确实在戴立克的弥留之际与它交谈了几句——尽管大部分都是老生常谈：戴立克是至高无上的存在，戴立克将会征服和毁灭，还有消灭！消灭！等等。但是，它说漏了一句可能很重要的话。非常非常重要。”

鲍曼交叉双臂，“比如？”

“戴立克一定知道阿克海恩之门的存在。”

博士看见四个人茫然地望着他。

“什么东西？”鲍曼说。

“那就是它们在胡若拉上做的事情。”博士解释道，“它们在寻找线索。北极星站是星际旅行中的中转站。虽然星球遭人遗忘，还落满了灰尘，可是别忘了，在它兴盛的日子，那里可是挺重要的地方。人们曾经管它叫‘通往群星的门户’。当斯黛拉在北极星站标有附近行星的列表上发现阿克海恩时，其实就找到了问题的关键。一开始那个名字并没有引起我的注意，可是现在我意识到戴立克为什么对出现在那里的人如此感兴趣了！因为它们想要得到阿克海恩之门。”

“那是什么？”

“别告诉我你们都没听说过阿克海恩之门。”

史克鲁姆小心翼翼地举起一只手，“呃，我听说过阿克海恩……”

博士原地转身，抬起手指向他，“给他发一颗星星！阿克海恩靠近蟹状星云——我记得好像是——正好经过昴宿星团，位于蓝星世界的左边。你们不可能找不到。”

“现在没戏了。”史克鲁姆说，“四十多年前它就彻底摧毁了。”

博士的表情僵住了，“什么？”

“阿克海恩是第一次戴立克侵略战役的牺牲品之一，当时我还是个孩子。”史克鲁姆解释道，“我记得有一枚老式行星撕裂者导弹击中了它。”

“彻底摧毁了？”

“对。”

“什么，彻底的那种彻底？”

“对。”

“没关系！”博士很快恢复了常态，“或者说，星球本身并不重要，重要的是那道门。”

“阿克海恩之门。”鲍曼一字一顿地重复道。

“我觉得我们应该听博士的。”科拉尔对鲍曼说。

鲍曼扬着眉考虑了一下，“好吧，博士。你最好把你知道的都说出来。”

11

“阿克海恩以其幽灵而闻名。”博士故意压低声音，营造出应景的恐怖氛围。此时，他正坐在厨房的正中央，“旅人号”的船员们围坐在他身旁，就像一群坐在篝火旁听恐怖故事的孩子。“事实上，它经常被称为幽灵星球。”

这一小群人似乎都打了个寒战。

“好吧，虽说是幽灵，”博士继续道，“可它们更像是拟时体映像[1]。只是如果直接把行星叫作‘拟时体映像星’，那感觉就不太对了，对吧？我不会用科学讲解让你们感到无聊的——除非你们真的想听我讲解。总之，阿克海恩上遍布的幽灵和鬼影实际上是拥有时间裂缝的行星都会出现的普通现象。”

“时间裂缝？”史克鲁姆皱着眉重复了一遍。

博士做了个鬼脸，“呃，也算不上是真正的时间裂缝。至少不像是卡迪夫的那个[2]那样……”

1. 本书作者虚构的术语。
2. 在新版《神秘博士》剧集中，这是位于英国卡迪夫城市及其上空的时间裂缝。

“卡迪夫？”

“你没去过卡迪夫？那你白活了。不要紧，我想说的是，阿克海恩很特别。在行星的深处有一道存在了很久的小裂缝——你们也可以称它为时空中的小口子。名字并不重要，事实上，人们基本上把它给忽视了，只有喜欢研究这方面内容的科学家才会关注它。阿克海恩之门——科学家给那个时空异常点起的名字——从来没有被人找到。一段时间过后，人们便认为它只是一个理论罢了。”

“那幽灵呢？”史克鲁姆问。

博士笑了起来，“啊，它们啊！全宇宙最棒的鬼故事！尽管它们只是毫无恶意的时空映像，但依旧棒极了。我以前很喜欢那个在激战中丢了脑袋的水手的故事，他的幽灵有时候会出现在海岸边，绕着海湾缓缓划着一条小船。人们管他叫无头桨手。”

“说重点，别跑题。”鲍曼不客气地说。他坐在厨房远远的一角，把粗壮的胳膊交叉在胸前，一脸郁郁寡欢、充满怀疑的表情。科拉尔跷着腿坐在他旁边，像打盹儿的猫咪一样眯着眼睛。

“行吧，”博士叹了口气，“你们真难伺候。算了，重点在于，若真如你所说，是戴立克摧毁了阿克海恩，那么中心的那道时空中的小口子应该会留下来，因为它不属于行星，不是由岩石和土壤构成的，而是属于时空本身。你无法摧毁时间裂缝。”

“这点很重要是因为？”卡丁艾吉追问道。

“是因为……要是戴立克找到了阿克海恩之门，那我们就有大麻烦了。我不是指这艘飞船上的五个人，而是指比这个更大的范围——比如整个宇宙。”

“为什么？”鲍曼问，“戴立克要怎么利用这个时间什么的玩意儿——假设它真的存在的话？”

博士的表情十分严肃，“戴立克是天才科学家和工程师，加之，它们对权力和征服有着永无止境的渴望，再加上迄今为止从未开发过的时空异常点存在的潜能……呃，要不我画张图？”

“好啊。”卡丁艾吉说。

“他的意思是戴立克能利用它操纵时间。”史克鲁姆说。

博士严肃地点点头，“只要在时间里有一个落脚点，戴立克就会将它发挥到极致。你们抓住的那个戴立克说，它们准备将人类从历史上抹除。我本以为那是戴立克一贯的空话——但如果是这样，那它的话可能是真的。”

博士满怀期待地看着他们，房间里一片短暂的沉默。

“那我们该怎么做？”终于，鲍曼开口道。

“我们必须阻止它们。”博士简短地回答，“它们一定是在寻找阿克海恩之门，我们必须阻止它们找到它。我建议你们马上联系地球司令部——”

“等一下！”鲍曼抬起一只手，“别指望了，博士。我们不能联系地球司令部。首先，我们没有任何官方认证的身份。”

“再说，地球上根本不会有人相信我们。”卡丁艾吉补充道，“哥们儿，我们可是赏金猎人。在他们眼中，我们也就比犯罪分子强了一点儿。就算说了，他们也只会嘲笑我们：这帮人活捉了一个戴立克，还审讯出情报来了？行吧，一点儿都不假。”

史克鲁姆赞同地点点头，“博士，你也说了这个时间裂缝只存在于理论中。我们手头上没有任何可靠的证据，对吧？而且这里前不着村后不着店，等我们进入地球空域并联系上司令部的时候，戴立克早就找到想要的东西了。”

博士一脸担忧，“即便如此——”

“我们不会联系地球司令部。”鲍曼坚定地说，“就这么定了！”

他死死盯着博士，下意识地揉着前臂上的白色伤疤。

“好吧。”博士做了个深呼吸，“那只能靠我们自己了。”

“我们？”史克鲁姆环视一圈，数了数人头。他对结果似乎感到不太乐观。

“我们碰到了极为严重的事态，”博士义正词严地说，“不能放任不管。”

“是你觉得事态很严重。”鲍曼指出。

“是你想要审讯戴立克。”博士尖刻地回击道，“不要白白浪费了情报。”

“它没有给出任何情报——不过是隐隐提到了某个传说。这太蠢了。”

“不论好坏，”科拉尔说，“我觉得你应该听博士的。”

鲍曼皱起眉，“我不会作出任何许诺。在我看来，这整件事一点儿都站不住脚。某颗很久以前就毁灭了的行星能帮助戴立克改变历史？这主意对它们来说都太疯狂了。”

“可戴立克就是疯子。”史克鲁姆说，“它们傲慢无比，也足够聪明，会利用像阿克海恩之门这一类的东西来对付我们，甚至对付整个人类种族。如果真的有机会阻止它们，那我觉得我们应该试一试。至少，我们亏欠斯黛拉太多了。”

鲍曼沉默了一会儿，说：“好，我们去看看。这是为了斯黛拉。”

“我们忽略了一个问题。”卡丁艾吉说，“如果连戴立克都不知道那个阿克海恩之门在哪里，那我们又怎么能找到它？”

“这就是你们的优势了——”博士微笑道，“你们有我。”

博士很快坐在“旅人号”驾驶舱的控制台前，史克鲁姆则给他演示导航电脑。

“这里面编入了太空这片扇区的所有星系坐标，”史克鲁姆解释道，“包括每个主要恒星系的星道和贸易航线。电脑使用超链接超光速粒子回波连接地球卫星网络。”

“我从来都不相信卫星导航。”博士抽着鼻子说。

“要是没有像样的导航系统，你就没办法在深空中航行。”

“我有像样的导航系统。”博士拍了拍额头反驳道，“在这儿呢。相信我，我从来都不会迷路。好吧，几乎不会。呃，不经常会。行吧，有时候会，也许吧……但我通常都……”他拍了拍口袋，“我把眼镜放哪儿了？我好像把它落在什么地方了……”

“你看你连自己的眼镜都找不到！”

“不，找到啦。”博士把眼镜戴了起来。他查看了一会儿导航电脑，夸张地发出嘘声，“这东西有点儿原始，你不觉得吗？”

史克鲁姆看起来很受伤，“这可是最先进的技术！它看起来可能不怎么起眼，可是——”

“知道了，知道了。”博士挥挥手让他闭嘴，“我无意冒犯，只是……我还以为自己能见到更精密一点儿的东西呢。我们得抢在戴立克之前到达阿克海恩，可是用这玩意儿恐怕要圣诞节才能到了。”他用指关节敲了敲那台导航电脑。

“‘旅人号’是一艘老旧的战舰。”史克鲁姆解释道，“它在第一次戴立克侵略战役中服役——副船体上还留着被没有引爆的中子弹撞出来的凹痕呢。”

博士吹了声口哨，“真是个顽强的老家伙，这点我承认。”

“后来它退役了，改造成了商用飞船。”史克鲁姆见博士开始操作电脑，又继续道，“鲍曼接手时把它翻新过，发动机和飞行控制系统全都重新换了，使用的大部分都是商业市场上买不到的零件。‘旅人号’可能并不完美，也可能需要修修补补，但对我们来说，它可不只是一艘飞船，它是我们的家。”

“它让我想起了塔迪斯。”博士伤心地说。

“塔迪斯？”

“我自己的飞船。我把它落在胡若拉上面了。”博士凝视着虚空，陷入了沉思。随后，他吸了吸鼻子，对史克鲁姆笑了一下，“对了，我不得不注意到‘旅人号’的发动机有点儿不对劲。有可能只是冷却泵的调节阀松了。如果你不介意，我可以把它修好。”

“你有时间吗？”

“当然。这个老家伙要花好几个小时才会到阿克海恩呢。”

“可导航怎么办？坐标呢？”

“都搞定啦。”博士朝控制台大手一挥，“我开启了自动航行模式。飞船会径直穿过昴宿星团，在蓝星世界的左边停下。就像我刚才说的，不可能找不到。”

“那戴立克呢？”

“哦，不用担心它们。戴立克会使用卫星导航，这会儿说不定已经绕着蟹状星云走错方向了。”

史克鲁姆咧嘴笑了，“你让我想起了斯黛拉。不管情况多么糟糕，她总能让人高兴起来。她有一种把话说对的本事，你懂吗？”

“我想我懂。”

“不论好坏……”史克鲁姆小声地补充道，“她永远也不会让鲍曼对那个戴立克做出那种事。斯黛拉……不是那种人。你可以相信她会做正确的事，而且她还能坚持自己的立场。博士，我不喜欢在货舱里发生的一切，但我实在无力阻止。我害怕鲍曼远胜于戴立克。如果换成斯黛拉，她一定会站出来反对。”

“鲍曼会听她的？”

史克鲁姆想了想，“对，我想他会的。”

“我和她并没有认识多久，可她看起来的确很特殊。”博士赞同道，“你一定特别想她。”

史克鲁姆叹了口气，“你根本想象不到我有多想她。”

“也许吧。”

货舱内，鲍曼和卡丁艾吉正在清理戴立克的残骸。鲍曼戴着一双从旧宇航服上取下来的加厚防护手套，把变异生物的残骸铲起来装进垃圾袋里。他的嘴角下撇，鼻子皱缩。这东西实在臭得惊人。

卡丁艾吉正在把戴立克的空壳从装货机上卸下来。他把一块块金属板和一团团电线扔到货舱的角落，把它们堆了起来。他时不时将一块碎片用力地砸过去，嘴里还骂骂咧咧。

“喂，”鲍曼说，“你怎么回事？”

卡丁艾吉喘着粗气停了下来。“自找麻烦的——”他骂道，“宇宙垃圾。”

鲍曼直起身体，“你再说一遍？”

“我们没做错，”卡丁艾吉说，“对吗？”

“当然，”鲍曼说，“这是战争。你很清楚，戴立克也很清楚。”

卡丁艾吉用手背擦掉前额的汗水，说：“我知道。可我以前只朝戴立克开过枪。我从没……做过那个，没有离得那么近。我感觉……不太对。然后博士又那样说……反正我是有点儿糊涂了。”

鲍曼封好垃圾袋，把它扔到外壳的碎片堆旁边，“有时候必须有人做出艰难的决定。站在道德的高地倒是很容易，政治家和市民们可以这么做，可我们是负责承担后果的。”

“那为什么我感觉糟透了？”

“谁也没说这件事很容易。”

卡丁艾吉有点儿生气，“我知道，我从来就没有容易过。自打我记事那天起，老爸就对我拳脚相加，我不得不逃出来加入军队，结果连他们也不要我。你也知道我们初次见面的时候，我是个什么状态。”

鲍曼盯着卡丁艾吉看了好久才回话，他突然感觉自己十分苍老，而卡丁艾吉看着十分年轻，“听着，孩子，你是个好人。别让任何人否定你。你的家人不行，军队不行，甚至博士也不行。无论怎么说，你与戴立克作战就表明你是站在对的一方。要做到你做的事情需要极大的勇气。”

“当我把那东西从外壳里挖出来的时候，我可不觉得自己有多勇敢。”

“重要的不是你感受到了什么，而是你不顾自己的感受做出的行为。你看看史克鲁姆，全程都是一副要吓尿的样子，可他还是坚持下来了。唯一没有弄脏自己双手的人，是博士。”

卡丁艾吉耸耸肩，“各人有各人的观点吧。”

“对。”鲍曼点点头，“唯一的问题是，他的观点错了。好了，赶紧把那个戴立克从我的飞船上弄走。朝金属罐的屁股踢上一脚，把它踹到太空中去，里面的东西也扔出去。我再也不想看到戴立克出现在飞船上了。”

“当然！”

鲍曼坏笑起来，“你的‘是，长官’去哪儿了？”

“你说啥？”

“算了，卡丁艾吉。算了。老日子早就过去了。”鲍曼脱下手套，将它们扔到垃圾堆上，“顺便把那些也给扔了吧，然后再把地板上的黏液擦干净。臭得我心烦！”

当鲍曼走进驾驶舱时，博士和史克鲁姆正在讨论“旅人号”发动机的技术规格。他怀疑地瞪了博士一眼，对史克鲁姆说：“至少摆脱那东西了。我们把外壳跟变异生物扔到了深空中，卡丁艾吉正在清理货舱。”

“博士设计了一条前往阿克海恩的路线。”史克鲁姆对他说，“或者说，它以前存在的地方。我们再有几个小时就到了。”

鲍曼扬起一边眉毛，“按照‘旅人号’的速度来说，还挺快啊。”

“我知道几条近道，”博士承认道，“而且在胡若拉上发现了一些线索。”

“说不定戴立克也发现了。”

“说得对——所以我们需要全速前进。”博士站起来对鲍曼说，“要是你同意，我想去发动机舱紧一紧调节阀。它们都松了，会浪费我们不少时间。”

鲍曼冷冷地看着他，“我先把话说清楚了，博士，我依旧不喜欢你。我不知道前方到底有什么在等着我们，但我还是认为你知道的远比说出来的要多。我之所以没把你跟那堆来自斯卡罗的残骸一块儿扔出去，是因为科拉尔。她相信你，而我可以把自己的生命托付给她。所以，如果你辜负了她的信任——如果这是什么诡计或骗局——那我会亲手杀了你，痛快地杀了你。听懂了吗？”

“一清二楚。”

“等我们到了阿克海恩，记住一件事：管事儿的人是我，不是你。”

12

当科拉尔找到博士时，他已经脱掉了外套，正在捣鼓“旅人号”的发动机。

在一团蒸汽中，她从阴影里走了出来，博士恰好紧完了最后一个调节阀。他抬起头看着科拉尔，嘴里还叼着音速起子。

“咕噜咕噜咕噜。”他说。

“你说什么？”

博士把起子吐到手上，“我说，你以后不能像这样吓唬我了。”

“我没打算吓唬你。”

“好吧。我已经修好了这台旧发动机，它能跑得像缝纫机一样顺滑了。你听，”博士把手窝成杯状放在耳边，咧嘴一笑，“一点儿噪音都没有。这下你在飞船上的任何地方都能听见银针落地的声音了。”

科拉尔皱起眉。“旅人号”的发动机不断发出低沉的隆隆声，只要把手放在舱壁上，你就能感觉到强烈的震动，脚下的甲板也在颤动。在如此近的距离下，发动机的声音听起来更像是一头机械野兽在咆哮。

博士一跃而起，把搭在管子上的西装外套取了下来，“我很少有机会摆弄这么古老的推进系统。它确实有独特的优点，当然，对环境的影响也非常大。一旦疏于保养，它就容易突然发生灾难性的离子内爆——尽管如此，它还是很棒。”

科拉尔用奇怪的眼神看了他一眼。

“这是男人的浪漫。”他说。

“你之前在货舱里说的那些话——你见过未来——是什么意思？”科拉尔问。

“哈，突然换话题，非常好。想让我措手不及吗？没用的。”

“不要回避问题。”

博士停下来看着她，“我不想谈论这个问题。它太复杂了。”

“当你刚上飞船的时候，你曾说自己出现在错误的时空中。”

“那只是一句谚语而已，意思是不走运。”

“我觉得你说的就是字面意思。”

博士深吸一口气，“科拉尔，假设我真的见过未来——你可以管这叫先见、预知，或者纯粹的疯狂，我都不在意。可是当——如果——戴立克成功撬开了时间，那将会导致大规模的死亡和毁灭，大到你无法理解的程度。戴立克完全有能力做到，更糟糕的是，它们也想要去做。”

科拉尔凝视着他的双眼，意识到这双眼睛的确在某个地方目睹过那样的死亡和毁灭。她微微颤抖了一下，“你是真的想要阻止它们，对吗？”

“我不行。”他突然露出痛苦的表情，“我……不行，但我或许可以拖延一点儿时间，直到宇宙做好准备，或者做了尽量多的准备。我不知道。就像我说的，这很复杂。要是你想太多，你就会头痛。这样说吧，我出现在了错误的时空中，既然我已经在这里了，那我会尽量帮忙。”

“我想我明白了。”科拉尔说。

博士点点头，“另外，谢谢你支持我。我觉得鲍曼也开始相信我了。”

“鲍曼不相信任何人。”

“他相信你。不过他确实说了，如果我辜负了那份信任，他就要把我干掉。”

“那他说错了，”科拉尔说，“他不会干掉你——我会。”

多亏有博士，“旅人号”及时赶到了目的地。船员们走进驾驶舱时全都吃了一惊。

“我真不敢相信，”史克鲁姆震惊地说，“这……到底是什么？”他张大嘴巴凝视着前方的舷窗，其他人则挤在他身后。

“这是阿克海恩——也就是幽灵星球——的残骸。”博士说。

星球表面白茫茫的一片，覆盖着闪闪发光的冰层，在层层浓雾的包裹下，看起来就像是残存的幽灵。更反常的是，它的形状畸形得厉害。整颗星球只剩下一个冰封的半球，另一半则是暴露在太空中的炽热核心，如同明亮的疤痕一般发着光。

当“旅人号”进入行星轨道时，地平线突然消失了。发光的白色地表变成了令人眩晕的深谷和破碎焦黑的内陆。

“太难以置信了！”科拉尔感叹道，“超乎想象！”

“戴立克的行星撕裂者导弹真是名副其实。”博士说，“星球变成了一块没有生气的巨石，只剩下零零碎碎的东西飘浮在太空中。”他不高兴地看了鲍曼一眼，“银河系中有戴立克和你们人类在，还有星球剩下可真是个奇迹。”

鲍曼撇了撇嘴，没说什么。

“它又迷人又可怕。”科拉尔说。

史克鲁姆检查着仪器。“附近没有其他的飞船。”他报告道，“这里很荒凉，看来戴立克终究还是找错了地方。”

“那再好不过了。”博士拍了拍史克鲁姆的肩膀，“我们能包场啦。”

“你觉得那道门还在那儿吗？”卡丁艾吉问。

“去找找看吧。”博士说，“把飞船靠过去。”

鲍曼故意咳嗽了一声。

“哦，抱歉……”

船长转向史克鲁姆。

“把飞船靠过去。”他命令道。

“旅人号”掠过阿克海恩千疮百孔的大气层。当飞船快速越过山脉和冰川时，云朵像受到惊吓的幽灵一样在船头纷纷散开。曾流淌过河流和海洋的地表只剩下一道道又深又干的沟壑，高耸入云的水晶在狂风的打磨下，形成了千奇百怪的形状。

最后，他们从一座城市的废墟上空飞过。残破的尖顶耸立在桥梁和拱形走廊之间，大地全都覆盖着一层白雪。当“旅人号”着陆时，气流吹起一阵雪花。

“太奇幻了。”史克鲁姆的面孔反射着白雪的光芒，“太让人惊讶了！”

博士透过舷窗向外看去，也深深着了迷。“阿克海恩的统治者建造了一座足以让整个种族过上王室生活的城市。”他赞赏道。

“如今却只剩下一片废墟。”鲍曼低声说。行星表面炫目的白光把他的脸照得失去了血色。

“这里的空气略微有毒。”史克鲁姆汇报道，“我们可以呼吸，但并不会觉得空气有多清新。”

“我们不会在这里待很久。”鲍曼说。

史克鲁姆把“旅人号”停在可以俯瞰城市的岩石架上。他们集中在出口处，翻找着鲍曼放在飞船上的防寒装备。

“哥们儿，你是在开玩笑吧？”卡丁艾吉套上厚重的棉外套，上面还有镶毛边的兜帽，他粗壮的胳膊把衣服绷得紧紧的，“我穿着这玩意儿还怎么耍酷？”

“你需要的不是耍酷，而是保暖。”鲍曼说，他穿上派克大衣，拉上了拉链，“这些是‘旅人号’为雪地巡逻配备的太空海军标准装备。衣服里面含有整套恒温柔滑纤维，可以自动将温度调节至你的体温。”

他转头看着正在努力穿上派克大衣的博士，“我们到底要找什么？幽灵吗？”

“并没有那种东西。”博士愉快地回答道，“不过，你们要留意拟时体映像，知道吗？”

“为什么？它们很危险？”

“不，”博士叹了口气，“我只是想看一眼而已。”

“我们要怎么找到那道门？”

“交给我吧。”

“别担心，”鲍曼向他保证道，只见他把子弹包压进冲击枪，又把枪塞进了枪套，“我会紧紧跟着你。”

博士的帆布鞋踩进了雪地里。踏上新世界的感觉总是很特别，因此他想尽情品味这一刻。

“快走啊，哥们儿！”卡丁艾吉在他身后说，“后面还有人排着队呢。”

博士朝城市废墟走去。尖顶、高塔和残破不堪的高架路上都挂着闪闪发光的长条冰柱。在他的头顶上方，一片片薄云在群星的照耀下闪着银光。行星残骸位于一片巨大的气态星云的边缘，那片星云把夜空变成了光彩夺目的翠绿色光域。

“怎么样？”鲍曼一边走在雪地上，一边问他。

“我很好，谢谢。”博士点点头，“你呢？”

“别开玩笑，我现在可没有心情。”

“科拉尔呢？”博士问。

“你找她干什么？害怕她不在就没人保护你了？”

“不，我只是觉得她会喜欢出来活动活动的。伸伸手脚对大家都有好处。”

鲍曼转过身，打量着地平线，“她就在附近。科拉尔喜欢保持低调。”

“即使在这儿？”

博士感到十分佩服，因为在这片雪地里似乎没有科拉尔能躲藏的地方。

“出乎你的意料。”

史克鲁姆踩在雪地上嘎吱嘎吱地走了过来，“飞船安顿好了。那道门找到没？”

“还没开始找呢。”博士说，“我们只是在欣赏风景。”

“是他在欣赏风景，”鲍曼咕哝道，“我没有。”

卡丁艾吉爬上一堵高墙，“喂，伙计们。你们快过来看看。”

他们顺着岩石和结冰的岩壁爬了上去。在墙的另一边，一条浅浅的沟壑绵延至远方，里面堆满了巨石和看起来像是生锈机器的东西。

“这到底是什么？”鲍曼低吼道。

“这是条路。”史克鲁姆认出来了，“瞧，一直延伸到城外的方向——那里结冰了。”

卡丁艾吉指向那些机器，“那些是啥？汽车吗？”

“对，某种交通工具。”博士说，“当看见行星撕裂者导弹直接朝他们飞过来时，所有人都奔向城外逃命。他们根本没有机会逃出去。这么多辆车挤在一块儿，把整条路变成了死亡陷阱。导弹撞击时产生的巨大冲击波足以移动大陆板块——海啸、火山爆发、地震、火灾、毒气全都同时袭来。不过，这些大灾难说不定来不及破坏什么东西，整颗星球就已经裂开了，裂缝直达核心，就像是斧头砍在了苹果上。大气层也完全撕开，那些人瞬间就死掉了。最初的冲击波把他们变成了胶状。”

众人驻足良久，凝视着死气沉沉的车队。每个人都在试着想象灾难的规模，但根本想不出来。

“别动！”卡丁艾吉举起突击步枪说，“我好像看到了什么东西。”

“是什么？”史克鲁姆问。

/ 生 而 为 人 ， 是 人 类 之 罪 /

DOCTOR WHO

神秘博士

戴立克之囚

[英] 特雷沃·巴克森代尔 著

吕灵芝 译

Prisoner of the Daleks

新 星 出 版 社 NEW STAR PRESS

非卖品

BBC

DOCTOR WHO

非卖品

八光分文化

新星出版社 NEW STAR PRESS

“我不知道。远处有东西在动。”

“这不可能。”鲍曼说。

卡丁艾吉透过瞄准具把道路扫视了一遍。过了一会儿，他放下枪说：“就算刚才真的有什么东西，现在也不见了。”

“可能是雪花在飘吧，”史克鲁姆说，“或者冰柱断了。”

“或许吧。”卡丁艾吉听起来并不信服。

鲍曼吹了声口哨，急促而尖锐的声音诡异地穿过冷风。片刻之后，一个黑色的人影蹦跳着攀上高墙来到他身边。科拉尔来了。她没穿大衣，但在刺骨的寒风中显得泰然自若。

“卡丁艾吉觉得那下面有什么动静。”鲍曼对她说，“你去看看。”

科拉尔一言不发地转过身，飞快地跑走了。她灵巧地从高墙坍塌的岩石上跳下来，沿着道路跑去，迅速消失在一动不动的车队里，她在雪地里的脚步声也很快被四周的寂静给盖住了。

“科拉尔可以打头阵。”鲍曼对其他人说，“我们也开始行动吧。”

博士掏出音速起子，把它打开后举在身前。他原地打转，对着每个方位采集数据。“走这边。”他最后说道，顺着科拉尔离开的方向朝陈旧的高速公路走去。

“好，”鲍曼点点头，“我们出发！”

13

“我到处都看不见科拉尔。”史克鲁姆紧张地说。他正站在坍塌的人行天桥上，眼前是一片废墟，堆满巨石的宽阔大道穿插其中。

“她的追踪能力无人能及。”鲍曼的语气中透着一丝骄傲，“要是她不希望被人看见，那就没人能看见她。红天落上的猎物只有在喉咙撕开的那一刻才会发现她的存在。”

“它们一定爱死那一刻了。”博士冷幽默地说。他略微走在“旅人号”船长的前面，缓缓左右摆动着音速起子。起子的顶端闪着蓝光，发出一阵微弱的嗡嗡声。

“这地方太阴森了。”卡丁艾吉说。他左顾右盼，走在队伍的左边，一边把枪抱在胸前，一边以自己的方式仔细观察着四周。

“这可是幽灵星球。”史克鲁姆对他说。

“哈哈。”

卡丁艾吉偶尔会举起枪透过瞄准具扫视废墟。他左右移动电子十字准星，还切换到各种视觉增强模式：热成像、红外线和广角，但没有任何发现。可他们都能感觉到在冰冷的空气中弥漫着很明显的紧张气氛。史克鲁姆说，感觉像是有人正在监视他们。

道路向下塌陷，他们不得不绕过巨石和压扁生锈的车子，队伍前进的速度也慢了下来。

“哇哦！”卡丁艾吉说着，靠近了一辆底朝天的车。一副覆盖着白雪的瘦削骨架从驾驶席里探了出来。头部歪向一边，脖子断裂，但仍有少量像皮革般粗糙的皮肤和干巴巴的肌腱将骨头连在身体上。一只化作白骨的手的指尖牢牢抓着方向盘，发黑的手腕和胳膊上还戴着闪闪发光的珠宝。

“人们在这里死去了。”史克鲁姆爬上来说，“他们曾是活生生的人，曾有着真实的生活。他们曾拥有家人、朋友和恋人。这些男人、女人和孩子——他们曾有过欢笑、玩闹和工作，曾做着人人都会做的事情。当行星撕裂者导弹击中这里时，这个可怜的家伙本想往哪个方向逃呢？”

“没有方向。”鲍曼用生硬的语气回答道，“我们继续前进。”

博士带领众人沿着残破的道路一直向下走。突然，科拉尔纵身跳上了斜坡。

“你来啦，”博士依旧把注意力集中在音速起子上，“刚才我还在想你跑到哪儿去了。”

科拉尔单独对鲍曼汇报道：“我往前探了一段路，但没找到任何东西。前方一路都是下坡——坡度很陡，然后就是悬崖峭壁。再远一点儿我就看不见了。”

“我们可能正处在大片塌陷区的边缘。”博士说，“这里一定经历过地震引发的混乱。”

“还有别的吗？有任何动静，或是生命迹象吗？”鲍曼问科拉尔。

“有任何幽灵的迹象吗？”卡丁艾吉补充道。

“没有。不过我闻到了……一股气味。”

卡丁艾吉哼了一声，“宝贝儿，整颗星球都有一股怪味儿。”

“怪味儿来自这里的空气。”史克鲁姆说，“当行星遭到撕裂时，各种污染气体和化学反应都出现了。”

科拉尔摇摇头，“我不是说那种怪味儿，而是别的什么气味。我无法判断那是什么，但感觉不对劲。”

“好吧，”卡丁艾吉给枪上了膛，“这下你害我紧张起来了。”

鲍曼转向博士，“你找到什么了吗？有任何发现吗？如果只是漫无目的地瞎逛——”

“嘘！”博士把音速起子贴在耳边，专注地听着里面微弱的信号。他略微调整了几下，又重新听了起来。博士一直绷着脸，十分专注。“我们越来越靠近了。”他说，“我正在接收各种游离时间子的活动，很难确定。这里有很多背景辐射、μ 介子、修安粒子[1]、超光速粒子衰变……还有……还有……”他晃了晃起子，又仔细听了听。博士闭着眼睛抬起一只手，让所有人保持安静。

“还有什么？”鲍曼并不理会他的手势。

博士皱起眉，再次晃了晃起子，“还有沙子。上个月音速起子掉在斯卡伯勒的沙滩上了，害得我一通好找。”

鲍曼叹了口气，“毫无进展。”

“不！等等！”博士突然大喊一声，声音在巨石间回荡。

卡丁艾吉和鲍曼立刻低下身体举起枪，做好了防御准备。没有任何事发生，于是，他们又缓缓直起身来，瞪了博士一眼。

“我又收到信号了。”博士说，“走这边！”

他快速向前跑去，顺着巨石往下跳，仿佛大地变成了一连串的巨大台阶。卡丁艾吉和鲍曼在他两侧跟着往下跳，身上的枪械和装备在跳动时叮当作响。

“你觉得那底下有什么东西，对吗？”史克鲁姆快步跟上说。

“你为什么会这么想？”博士问。

“我看见了你听科拉尔讲话的样子。你很在意她说的话。”

“史克鲁姆，有时候人得相信自己的直觉，或者别人的直觉。科拉尔的后颈毛都竖起来了，像把刷子似的。那可是跟时间一样

1. 暗黑宇宙时期存在的粒子，详见《神秘博士》2006年圣诞特辑《逃跑新娘》。

古老的原始反应。她感觉到了某种东西，只是不知道它究竟是什么。”

“危险的东西吗？”

博士随意地耸耸肩，“通常都很危险。”

“是幽灵吗？”

他露出了微笑，“不太可能——不过音速起子确实识别到了某种时间波动。哦！我想到了。”博士停下脚步，“时间波动。我想……”

“想什么？”

“没什么。仔细想想，这只是个巧合。我来这里寻找某种时间干扰——然而我已经跳跃时间线来到了某个历史时期，而……”

“而什么？”

“这不重要，我只是在自言自语，你别在意。错乱来去时间摇移，你真的不会想听的。”博士使劲揉了揉自己的头发，想要努力去除讨厌的思绪。音速起子发出嗡嗡声，顶端的蓝光闪得更快了。博士立刻行动起来，“啊哈！太棒了！我们真的走对路啦！”

博士把音速起子举向空中，一溜烟向前跑去。

一行人继续前进，一路向下走去。再往前，他们就什么也看不见了——他们似乎正在靠近悬崖边缘，更远处是一片迷雾。

史克鲁姆回头看向坡顶，惊讶地发现他们已经走了很远。他现在只能认出阿克海恩旧城残破的尖顶，以及远方布满群星的深绿色天空。

“有动静！”卡丁艾吉大喊一声。

他单膝跪地，举起了突击步枪，鲍曼马上转身去掩护他。史克鲁姆睁大眼睛，呆呆地站在原地，凝视着左侧一块破碎的地面。他的心跳正在加速。

所有人都一动不动，周围彻底安静下来。

“我好像也看见了。”过了一会儿，史克鲁姆非常非常小声地说，“我用眼角余光看见的。”

“对，”卡丁艾吉说，“我也是。绝对有什么东西在那些巨石间移动。有人在跟踪我们。”

生锈的车子残骸半掩在土里，雪花顺着锋利的金属边缘落下，又被一阵微风带上夜空。

博士把食指放在嘴唇上，蹑手蹑脚地缓缓走上前。鲍曼和卡丁艾吉在他身后举起了枪。

当那只变异体猛然发动袭击时，所有人都僵住了。它飞过车子残骸，把博士扑倒在地，发出惊人的可怕哀号——俨然是从星球最黑暗的阴影里爬出来的幽灵恶魔。

14

枪同时开火。早在变异体碰到博士之前，鲍曼和卡丁艾吉就已经瞄准了它。两串子弹同时击中目标，打得它连连后退。变异体像破布一样抵在巨石上，然后滑落在地，成了一堆灰色的残骸。

博士已经跑到它旁边，鲍曼和卡丁艾吉也走了过去，把枪口对准一动不动的变异体。

“别靠太近。”鲍曼命令道。

博士跪了下来，并没有理睬他的话。变异体近似人形，看起来变形得厉害，还包裹着灰色粗布。它的身上有两个冒着烟的大洞，苍白的光芒从里面透了出来。

“它死了吗？”史克鲁姆小心翼翼地靠过来问。

“当然死了。”卡丁艾吉气冲冲地说，“射击那么猛烈，洞都打出来了。我们可没在闹着玩儿，哥们儿。”

变异体轻颤着倒向一旁，遮挡头部的兜帽滑落下来，露出了它的脸。

“我的妈呀！”卡丁艾吉喃喃道，“这是个该死的幽灵！”

它脸色苍白，皮肤散发着光芒。两只眼睛深陷在布满皱褶的眼窝里，看起来就像是一对刚出生的老鼠。它的嘴巴张开，露出了黄色的牙齿和发黑萎缩的牙龈。苍白的肉身上满是色彩斑斓的斑点和脓疱。

“我们刚才打死了一个幽灵。”卡丁艾吉重复了一遍。他的声音听起来又恐惧又兴奋。

“安静！”鲍曼说着弯下身，近距离查看变异体，“这是什么？”

博士摇摇头，“我不知道，可能是阿克海恩上幸存的原住民。它遭受了辐射，绝望地在废墟中徘徊，变得与野兽无异了。”

“它太恶心了。”卡丁艾吉说。

博士站起来，严肃地说：“它死了。”

如同把纸张扔进火堆中一般，一块黑斑在变异体的身上扩散开来，它的皮肤开始变得干枯皱缩，光芒也渐渐暗淡下来。不一会儿，变异体就只剩下一副黑色的躯壳。

“不管它是什么，”鲍曼低吼道，“它都不会孤身一人。所有人集中注意力，提高警惕。”

他的话音未落，响声就从他们身后传来。众人转过去，发现又有两只变异体朝他们走了过来。它们在崎岖的地面上潜行，动作显得笨拙而急切。

鲍曼开了两枪，打得变异体往后退了一些。最前面那个踉跄几步，破烂的兜帽从它的头上滑落，露出了发光的狰狞面孔和黑黢黢的大嘴。随后，它倒了下去，一动不动地趴在雪地上。

“它们变多了！”史克鲁姆指着远处大喊道。五六只蹒跚而行的变异体出现在他们的视野里。

“来了。”卡丁艾吉咕哝着站稳脚跟，举起枪瞄准它们。他和鲍曼又快又准地击倒了头三个。

第四只变异体猛地加速，穿过中间的灌木丛向科拉尔扑了过来。她露出尖牙和利爪准备应战，但博士敏捷地把她拉到一边，还用鞋尖把积雪踹到变异体的脸上。“别碰它！否则你的血液会中毒！要是把爪子刺进去，那你这辈子就完了。”

“我要为战斗而死！”

“很有可能——但并不是现在。”

博士弯下身体，不顾科拉尔的反对把她也拽了下来。与此同时，卡丁艾吉开枪射击，一连串子弹越过博士和科拉尔的头顶，飞速穿过冰冷的空气。

“它们无处不在！”史克鲁姆大叫道，帮忙把博士和科拉尔扶起来。

“我们可能捅了它们的老巢。”卡丁艾吉边说边开枪射击。猛烈的炮火声在废墟间回荡，变异体不断从地洞里爬出来，龇着牙发出怒吼。“它们的数量太多了，我们得撤退。”

“走这边。”鲍曼喊道，又打爆了一只变异体的头，飞快攀上身后的斜坡，“都到高处去。”

他们顺着巨石爬了上去。卡丁艾吉负责殿后，每走几步他就会转过身开上几枪。变异体意识到危险，迅速在巨石和车子间移动，猫低身体寻找掩护。

“我们没法回到飞船上，”史克鲁姆喘着气说，“它们拦截了退路。”他拔出自己的枪，迷茫地四处寻找目标。

“卡丁艾吉！”鲍曼吼道，“在左翼开出一条路来！”

“好嘞！”卡丁艾吉转向左边单膝跪地，把枪调成自动射击模式。炮火穿透空气，击中一群顺坡而上的变异体，它们发出的奇怪的呜咽声变成了哀号。

鲍曼带头往下走，在巨石间跳来跳去。博士、科拉尔和史克鲁姆紧随其后。

“走这边！”博士喊了一声，指向一群变异体中间的缺口。

鲍曼踏过遍地的尸骸不断开火，无情地扫射着挡路的变异体，从枪口冒出的烟雾盘旋在周围。在他们身后，越来越多的变异体发出渴望的吼叫，叫喊声充斥着黑夜。

“它们在驱赶我们。”博士意识到问题，立刻停下了脚步。

“什么？”

一阵冷风刮来，博士的声音有些模糊不清。他把一只手做成喇叭状放在嘴上，大喊道：“它们在驱赶我们！它们在强迫我们走这条路！”

前方耸立着崎岖的巨石，挡住了另一头的视野，从顶端吹下来的雪花纷乱而稀薄，一直从他们身边飘过。一行人犹豫不决，鲍曼恼怒地回头看了一眼。“我们不能停下来！”他低吼道。

“它们越来越近了！”史克鲁姆回头看着渐渐逼近的变异体。

鲍曼转过身，开始带头顺着巨石往上爬。博士、史克鲁姆和科拉尔赶紧跟在后面。卡丁艾吉咬紧牙关，又射出半梭子弹，然后转身跟了上去。在他身后，那些发光的苍白生物渐渐填满了整个斜坡。

快靠近顶端时，科拉尔拉了史克鲁姆一把。“谢……谢了。”他大口喘着粗气，“我觉得我没法……再继续了。”

“还差一点儿就到了。”科拉尔催促道。

“别停下！”鲍曼吼了一声。

科拉尔一把勾住史克鲁姆，拽着他努力向上爬了最后几米。

“另一头是什么？”卡丁艾吉问。

“不知道，”鲍曼说，“但我们会弄清楚的。”

经过艰难的攀爬，他们总算来到了顶端。登顶之后，每个人都停下来喘着粗气。一片深深的寂静包围着他们，让人感觉很不自在。

“老天！”鲍曼惊叹道。

“这……这不可能。”卡丁艾吉说。

史克鲁姆恐慌发作，呼吸变得急促。科拉尔只是张着嘴注视前方。

他们来到了世界的最边缘——字面意思上的最边缘。他们脚下的土地突然陷落，变成了深不见底的巨大悬崖，地平线从一边延伸到另一边。整个地表越陷越深，底下是笼罩着迷雾的黑暗。在迷雾之下——越来越深的底下——是炽热核心的曲面。

“核！”博士欢呼道，脸上满是孩子气的兴奋表情，他睁大双眼，头发倒竖，在悬崖边高兴得手舞足蹈，“我是说——核心！”

“这是……这是……”卡丁艾吉这下连一句话也说不出来了。

“这是世界的尽头！”博士大喊着上蹿下跳，难以控制自己的兴奋，“快看啊！尽头！笔直的沟壑直达核心！太棒了！太不可思议了！太神奇了！你们这辈子见过这样的光景吗？没有，对不对？没有见过！”他在他们中间跳来跳去，又喊又笑，“我也没见过！从来没有！没见过这样的！这是全新的景色！全新的景色！”

悬崖深处燃烧的球体散发着热气，将悬崖边上的雪花吹到了空中。雪花翩翩起舞，如同苍白的鬼火一般在空中飞扬。

“我有点不舒服。”史克鲁姆说。

“眩晕而已。”博士开心地说，“很正常的。这景色不错，对吗？太棒了！非常好！”他对着夜空大喊，双腿叉开，双臂举向天空。

“趁你还没兴奋过头，”鲍曼提醒道，“你也许可以纯粹从战略角度考虑一下我们所处的状况。”

“他的意思是我们不是出来欣赏风景的。”卡丁艾吉指着他们身后说。一群发光的变异体正在往上爬，发出低沉的吼叫。

“哦，它们啊。”博士点点头，“不，我可没忘。我只是在多线程工作。”他掏出音速起子，把它举过悬崖，然后打开了开关。起子发出微弱的嗡嗡声，一开始很慢，接着突然变得非常急促。“啊哈！”博士的脸上又露出灿烂的笑容，“找到啦！我们找到啦——阿克海恩之门。你们还记得吗？时空中的小口子——它位于这颗行星的中心……就在快要熄灭的核心里！”

“博士，”卡丁艾吉说，“它们越来越近了。”

“我正在想办法，正在想呢……”

鲍曼皱着眉转向卡丁艾吉，“什么时候他变成管事儿的了？”

“哦不！”博士的声音如同利刃一般划破空气。他又重新凝视悬崖边缘，但并不像刚才那般兴奋。这回，他的语气听上去又生硬又迟疑。

“怎么了？”史克鲁姆问，“出什么事了？”

“我刚刚冒出了一个想法。”博士以愤怒的语气说，“我之前怎么就没想到呢？”

“什么？”

“行星核心！”博士指着行星暴露的中心说道，他突然抬起手拍了一下额头，“哦！”

科拉尔皱起眉，“我不明白……”

“我想，事情还会变得更糟糕。”博士叹息道。

“更糟糕？”卡丁艾吉轻蔑地说，“我们被困在全宇宙最大的悬崖边，正面对整整一个军团的地狱幽灵僵尸，还能有多糟糕？”

博士难过地看着他，看着所有人，他的表情变得像脚下的星球一样冰冷可怕，“我很抱歉，”他的眼中满是痛苦，“真的非常抱歉……”

紧接着，在他身后，一道道黑影仿佛乘着片片雪花从悬崖边升了上来。它们来了——古铜色金属光泽的外表，枪杆和吸盘臂像昆虫的触角一样摇晃颤动。

它们的眼柄四处扫视，对准了挤在悬崖边缘的博士和他的同伴们，泛着蓝光的目镜无情地凝视着他们。

“**站住！**”离他们最近的戴立克尖声说，圆顶的灯得意地闪烁着，“**不准动——否则消灭你们！**”

他们已无路可逃，只能站在原地，无助地看着戴立克朝他们飞来。

“**你们已成为戴立克之囚！**”

15

戴立克缓缓上升，直到掠过悬崖表面。

阿克海恩上的变异体马上四散逃跑，或是转身躲藏，或是跳进冰洞，身上的破布在它们身后左右摇摆。不一会儿，它们就消失得无影无踪，就好像从来没有存在过一样——从各种意义上来说，如同幽灵一般消失了。

“**反抗者将遭到消灭**。”刚才那个戴立克说。它滑行到挤在一团的“旅人号”船员们身边，上下移动眼柄，轻蔑地打量着他们。

“**你们是我们的囚徒**，”戴立克大声地重复道，“**你们要服从戴立克！**”

鲍曼死死攥着枪，绷得指关节都发白了。就在他想要开枪的前一秒，博士说：“算了。干任何蠢事只会让你当场遭到消灭。”

“那我们该做什么？”卡丁艾吉生气地低声说，他的声音里充满了怒火和恐惧，他也只差一点就要举起枪扫射了。

博士只是举起了双手，“投降。”

气氛顿时紧张起来，但鲍曼和卡丁艾吉都没有动。

戴立克转过来对博士说：**“你是团队的首领吗？”**

“不，他不是。”鲍曼说，“我才是。”

戴立克转动圆顶，把目镜对准鲍曼命令道：**“放下武器。”**蓝光映照在他面无表情的脸上。

没有人行动。

“立刻！”戴立克尖声说，**“服从！”**

“放下吧。”片刻停顿后，鲍曼说。

他松开手让枪落在脚边。卡丁艾吉扔下突击步枪，史克鲁姆也放下了手枪。

“我没有携带武器。”博士说，“这个人也没有。”他朝科拉尔点了点头。

一个戴立克向前移动，伸长了吸盘臂。它迅速把博士和科拉尔扫描了一遍，**“没有检测到能源或弹射武器。”**

“说了没有嘛。”博士小声说。

“安静！”戴立克吼道，转头看向另外两个戴立克，**“销毁武器。”**

戴立克滑了过来。它们转动枪杆，把枪口对准地上的枪械。一道耀眼的火光过后，武器全都化成了渣。

科拉尔浑身剧烈地震颤起来，博士能感觉到她想要逃跑或者攻击的冲动。从科拉尔的性格来看，他猜很有可能是后者，可无论哪种行为都将以死亡告终。

鲍曼也感觉到了。他伸出手搭在科拉尔的肩上，“放松。”

科拉尔扭头看着他，眼睛里满是怒火，鲍曼只是点点头表示他明白。“你是红天落上的最后一员。”他温柔地说，声音听起来像是猛虎发出的呼噜声，“你得活下去。”

史克鲁姆也在发抖，但他只是出于恐惧。他用一只手捂着嘴，努力不让自己吐出来。卡丁艾吉用胳膊肘捅了他一下，“哥们儿，冷静点。”

史克鲁姆点点头，但还是用手捂着嘴。他的眼睛睁得特别大，差不多要瞪圆了。

“**走这边**。”领头的戴立克转身向悬崖边缘滑去。

“我可走不过去。”博士低声咕哝道，“至少，我没长小轮子……”

戴立克把圆顶马上转了过来，将眼柄对着他。

“没什么。”博士一脸无辜地说。

“**走在我前面**。”戴立克滑到一行人的后面，“**行动！不服从的人将立即遭到消灭**。”

“走吧。”博士尽可能装出快活的语气说。他把双手插进裤兜，大摇大摆地走向悬崖边缘。当经过史克鲁姆身边时，博士对他耳语道：“跟紧我，我会处理好的。”

史克鲁姆不确定地看着他，“真的？”

博士扬起眉毛，摆出一张“当然！”的脸。“这种事我已经干过好多次了。”他说。

于是，史克鲁姆紧跟着他，动作僵硬地朝戴立克驱赶的方向走去。当走到边缘时，他们都停下了脚步。鲍曼、科拉尔和卡丁艾吉跟了上来。没有人想要过于靠近深渊。

“它们要干什么？”卡丁艾吉问，“把我们扔下去？”

他的话音未落，机器的轰隆声就充斥在周围。只见一个巨大的金属平台突然升到与悬崖边缘齐平的位置，上面站着两个戴立克，其中一个站在小控制台旁边，它用撅子做了一下调整，平台便逐渐靠近悬崖边缘，利用反重力推进器悬浮在空中。

“是电梯！”博士叫道，“真方便。走吧大伙儿，跳上去。”

他走在前面，轻轻跳上金属平台。那东西像浮在水塘上的筏子一样略微晃动了一下。平台上能站十几个人，不过其他的戴立克都跟在旁边飞下了悬崖。

“看来它们早就在等我们了。”鲍曼说。

“对。”博士点点头，做了个深呼吸，“它们调节了重力和大气，让我们享受 VIP 待遇。”他谨慎地看向鲍曼，“你觉得这是为什么？”

鲍曼耸了耸肩，没有回答。

平台开始下降，最后他们连悬崖顶端都看不见了。悬崖如同巨大的深色石壁一般直插天际，遮住了半块天空。博士从平台边缘往下望，阿克海恩暴露的核心如火焰般灼热，还发出噼里啪啦的声音。“你知道吗？”他对小控制台旁边的戴立克说，“这真是绝景。太惊艳了！可惜你们是来糟蹋这个地方的。”

戴立克没有说话。平台继续下降。

“那么，你们到底是为了什么？”博士问，“让我猜猜，你们要用驱动系统换掉行星核心，从而驾驶这颗行星环绕星系观光？”

“**安静！**”戴立克说。

“我只是想和你说说话。”博士回嘴道，听起来很受伤。他等着戴立克回话，但它并没有理睬。

平台下降到一个巨大的岩洞的上方。由行星岩浆形成的岩壁突然变成巨洞，很难分辨这是自然形成的，还是人为挖掘而成的洞口。总之，里面有足够的空间，可以容纳好几个太空船机库。平台飞进岩洞，缓缓驶入行星的内部。他们的下方是一张无边无际、纵横交错的金属网络，由走道和着陆区组成。戴立克沿着路线滑过通道。在其中一层，密集排列的戴立克整齐划一地行动，最终消失在更黑暗的岩洞里。

“真是该死！”卡丁艾吉低声说，他这辈子从未在一个地方见过如此多的戴立克，“现在我们真的在——”

“我早该想到这一点。”博士打断道，他不再是刚才那副满不在乎的样子，“我真的应该早点想到的。”

“你什么意思？”史克鲁姆问。

“它们一直都在这里。”博士的表情阴沉，满脸懊悔，“瞧瞧这个地方！建造像这样的基地一定得花好多年。我们以为戴立克在寻找阿克海恩，结果它们早就找到了，而且已经搬进来了。”

“我觉得情况比你说的更糟。”鲍曼说。

卡丁艾吉沮丧地叹了口气，“你们能别说了吗？‘情况比那更糟’‘比我想的更糟’！该死！这还能糟糕到什么程度？”

“糟糕得多。”鲍曼说，“我想我知道这是什么地方。我听到过传闻，说戴立克有座绝密基地，它们把所有高级囚徒都带到这里来审讯和做实验。”

“不可能！”卡丁艾吉难以置信地说，“审讯？做实验？你是认真的吗？”

“戴立克可喜欢囚徒了。”博士说，“囚徒能让它们感受到自己的力量。戴立克最喜欢统治低级种族。羞辱、折磨、奴役这些人。这都是它们的老本行。”

卡丁艾吉摇摇头，“哥们儿，你怎么越说越糟糕了。”

博士转向鲍曼，“关于这座绝密审讯基地，你还听到过别的什么信息吗？”

“怎么了？”鲍曼的语气冰冷，他的脸又变回如同石雕一般的样子，整个人充满警觉。

“任何信息都可能派上用场。”

“别指望了。人们以前管这儿叫‘黑洞’——任何东西一旦进去，就再也出不来。没有人——没有一个人能从这里逃出来，就像是一张有去无回的单程票。”

“停止交谈！”一个戴立克滑向他们，它的枪杆蠢蠢欲动，**“囚徒保持安静。”**

再也没有人说话，平台继续向戴立克监狱进发。一路上有无数个戴立克缓缓旋转圆顶、移动眼柄盯着他们，仿佛在仔细地进行扫描。它们带着仇恨、厌恶，或许还有一丝好奇的眼神看着他们。囚徒们挤在一块儿，科拉尔朝鲍曼身旁凑了凑，这样他就能把手搭在她的肩膀上。

现在，平台降落到一块宽阔的接待区。戴立克来回地滑动，仔细地看着他们。两个戴立克滑上前来，停在了平台边上。

“离开着陆台。”其中一个戴立克说。

囚徒们慢慢走到金属地板上。平台上的戴立克用吸盘臂的摅子戳了一下卡丁艾吉的后背，让他往前踉跄了几步，**“走快点儿！服从戴立克！”**

卡丁艾吉回头瞪了它一眼，“别推我，你这个金属怪！”

戴立克飞到前方，用圆鼓鼓的、闪着蓝光的目镜盯着人类，说：**“安静！”**

卡丁艾吉瞪了回去，他的脸上映照着蓝光，“别在我眼前摇晃你的眼柄，怪物。等我回去了，我能用它换一大笔钱。”

“安静，否则你将遭到消灭！”

“好了，别吵了。”鲍曼说，“卡丁艾吉，够了。别激怒它们，戴立克太容易生气了。”

卡丁艾吉哼了一声，把身体转了过来，说：“你说了算，船长。”

戴立克绕着卡丁艾吉缓缓转了一圈，从各个角度观察着他，**“你将服从戴立克。从现在起，你只能听从戴立克的指令。这名人类不再是你的上司。”**

“他从来就不是我的上司，”卡丁艾吉耸耸肩，“只是我比较喜欢的一个家伙。”

博士尽量保持低调，小心翼翼地暗中聆听他们的对话。他不知道自己是该替卡丁艾吉担心还是为他叫好。不过，他的行为实在太冒险了。一旦激怒戴立克，反抗和死亡只有一线之隔。

戴立克提高音量，**“服从戴立克！你必须服从！”**

“你给我记住，”卡丁艾吉冷淡地说，“眼柄是我的。”

“安静！”戴立克突然伸长吸盘臂，抓住了卡丁艾吉的胸口。摭子用力一吸，挤得卡丁艾吉发出惨叫。随后，戴立克松开了摭子。卡丁艾吉倒在地上，一边揉着胸口，一边喘着粗气。

史克鲁姆扶他站了起来，“你这样做会害死你自己的！”

“下一个擅自说话的囚徒将遭到消灭。”其中一个戴立克说，**“现在脱去你们的外衣。”**

囚徒们慢慢脱下厚重的冬装，把衣服扔到了地上。刚刚逞能的卡丁艾吉也许鼓舞了人心，可他也差一点儿为此赔上了性命。博士一直低着头保持低调，让自己不引人注意，但是，科拉尔已经受够了。她好奇地看着他，但博士假装没有注意到她的目光，而是一直盯着自己的帆布鞋。

两个戴立克靠近他们，伸长了吸盘臂。“**囚徒将接受扫描分类。**”其中一个说，“**分开站好！行动！**”

他们拖着脚走来走去，直到每个人都分开站好，并排成了一条直线。最先接受扫描的是史克鲁姆。摅子在他全身上下游走，发出怪异的电子嗡鸣声。“**种族——人类。**”戴立克用厌恶的语气说，“**男性。体能——等级五点九。价值微弱。**”

“微弱？”史克鲁姆感觉自己受到了侮辱。

戴立克又扫描了卡丁艾吉，“**种族——人类。男性。体能——等级七点五。适用。你将前往矿洞为戴立克工作。**”

戴立克又转向科拉尔，她站在鲍曼旁边。

“**种族——不明。**”戴立克说，“**女性。体能——等级九点四。适用。你将前往矿洞为戴立克工作。**”

科拉尔惊恐地看着鲍曼，后者轻轻地捏了一下她的手。科拉尔看到他明显松了口气——庆幸戴立克没有判定为过度危险而当场杀死她。

戴立克向前移动，开始扫描鲍曼。他好像回到练兵场一样站得笔直，挺起胸膛，抬起下巴。

“**种族——人类。男性。体能——等级七点六。等等！**”有什么东西引起了戴立克的注意，“**伸出你的手。**”

鲍曼犹豫了一下，伸出了左手。

戴立克注意到他前臂上的白色伤疤，“**存在移除皮下信号发射器的迹象！**”

另一个戴立克滑过来，将目镜瞄准伤疤，说：“**X 射线确认信号发射器已遭到移除。**”

“信号发射器？”史克鲁姆小声问，“什么信号发射器？”

“该死，我不知道。”卡丁艾吉小声说，“不过鲍曼看起来可不太高兴。”

鲍曼冷冷地看着戴立克，把手放了下来。“你们今天正好走运。”他低吼道。

“出什么事了？”史克鲁姆跟其他人一样，感觉到有什么事就要发生了。因恐慌而激起的好奇心驱使他忘记了保持安静的命令。

然而，戴立克正忙着关注鲍曼，并没有注意到其他人，“**走上前来！跪下！**”

“我才不会向你下跪。”鲍曼简短地回答。

他身后的戴立克伸长吸盘臂，对准鲍曼的左膝后方戳了过去，他的腿被迫弯曲，鲍曼咕哝着跪在金属地板上。

科拉尔显得十分担心，准备走上去，但博士拉住了她的胳膊，轻轻地摇了摇头。她绝望地看着他。

“开始脑部扫描！”两个戴立克同时伸出搋子贴在鲍曼的头上。鲍曼发出尖厉刺耳的哀号，大口大口地喘着气，唾液都从口中飞了出来。

“放开他！”史克鲁姆大喊一声走上前去，但卡丁艾吉把他拽了回来。

博士也不得不再次拉住科拉尔，以防她扑过去袭击戴立克。“别犯傻！”他低声说。

搋子松开了。鲍曼向前倒去，手脚并用地撑在地上。他低垂着脑袋，拼命忍住想要呕吐的冲动，浑身剧烈地震颤着。方才搋子吸住的地方留下了火辣辣的红色印记。

两个戴立克兴奋地冲着对方说：**“注意！通知指挥部！囚徒为太空军少校乔恩·鲍曼！”**

“我们服从！”它们尖叫道。

“太空军少校？”卡丁艾吉震惊地说，“太空军少校？！”

“从什么时候开始的？”史克鲁姆问。

“从一开始就是。”博士说，“你们还记得奥罗斯遭到毁灭的时候吗？鲍曼知道奥斯特哈根方案。只有地球军方的高级官员才接触得到那种情报。难怪戴立克这么兴奋……它们很少能抓到如此重要的人物。”

“重要？”卡丁艾吉皱起眉，“他一点都不重要。好吧，不是那种重要。”

“戴立克好像并不同意你的说法。”

此时，一个新的戴立克出现了——它有着相似的古铜色外壳，不过很明显是其他戴立克的长官。当这个戴立克朝囚徒的方向移动时，它们全都后退了一些，为它让出一条路。博士猜测它应该是被任命为监狱总指挥官的戴立克。

“站起来！”戴立克指挥官来到鲍曼身边命令道，**“马上站起来！”**

科拉尔把鲍曼扶了起来。他有点重心不稳，脸色异常苍白，显得无精打采。他的双眼迷离，看起来有点糊涂。科拉尔转过头，朝戴立克指挥官吐了一口唾沫，“别过来！别碰他，否则我就把你的五脏六腑都挖出来！”

“放开囚徒！”落在戴立克圆顶上的唾沫已经化成了一团可怜兮兮的水汽，**“我们将带走他，对他进行大脑分离手术。”**

“那你先杀了我！”科拉尔吼道。她猛地对离得最近的戴立克发起攻击，用弹出的利爪在它的外壳上划出一串耀眼的火花。

两个装了机械爪的戴立克赶过来把她控制住了。它们牢牢地抓住她的胳膊，直接将她拎了起来，任凭她的脚在空中蹬踹和挣扎。

“你将服从戴立克。”戴立克指挥官说。

“你们为什么不直接消灭我？！”科拉尔大喊道。

“没有必要。”戴立克拖长声音说，**“你将在矿洞工作，但你违抗了戴立克，你的同伴将受到惩罚。”**

鲍曼无力地抬起头，“不……”他声音嘶哑地说。

戴立克滑向前方，**“最弱的成员将会死去。”**

卡丁艾吉声音哽塞，“不！”他大吼一声，知道这意味着什么。

“击伤这名人类。”戴立克指挥官命令道。其中一个戴立克放低枪杆，把枪口对准卡丁艾吉的双腿，然后开了火。一道耀眼的蓝光击中他，让他跌倒在地。卡丁艾吉躺在地上，双手抓挠着金属地板，但使不上劲儿。至于他的双腿，则完全不会动了。

“我感觉不到我的腿了！”他喊道。

“你受到了暂时性神经损伤，”戴立克告诉他，**“移动能力将适时恢复。”**

卡丁艾吉丝毫站不起来，只好咒骂着戴立克。充满痛苦和绝望的滚烫泪水顺着他的脸颊滑落。

史克鲁姆吓得面无血色，无法呼吸。他知道接下来会发生什么，可他向来灵光的大脑直接停止了思考。他完全说不出话，只能张着嘴，默默地看着两个戴立克缓缓转向他。

“消灭这名人类。”戴立克指挥官命令道。

两道死亡射线正中史克鲁姆的胸膛，耀眼的闪光把他照亮。他尖叫着张开双臂，他的骨头透过肉体隐隐可见。然后，他跌落在地，倒在卡丁艾吉身边。

“不……”卡丁艾吉非常小声地说，“求求你，不要……”

史克鲁姆的脸慢慢埋在了地上。卡丁艾吉看见他依旧睁着双眼，只是眼睛焦黑，再也没有了生气。

16

史克鲁姆冒着烟的尸体躺在其他的囚徒和戴立克中间。

接下来的几分钟，人们所听见的只有戴立克机器沉闷而持续的嗡鸣。

“没必要那样做。”博士小声说。他没有抬头，而是盯着那具尸体，把拳头捏得紧紧的，“他不会伤害任何人。”

“他对我们没有用处。”戴立克指挥官说。

它的声音碾压着博士的神经，他闭上双眼，不再去看那悲惨的一幕。

“你们要付出代价。”卡丁艾吉咬着牙，努力想从地上坐起来，双腿仍剧痛无比，“我会让你们付出代价的。”

其中一个戴立克围着卡丁艾吉打转，将眼柄对着他说：**“安静。你将前往矿洞为戴立克工作。”**

“不！绝不！现在就杀了我吧，你们这些金属混——”

“卡丁艾吉！”鲍曼大吼一声，“算了。你……要尽可能活下去。”

卡丁艾吉抬起头看着他，眼中满是泪水。他充满绝望的双眼正看着那个唯一信任自己的人，想要寻求希望、理由甚至一切。“我该怎么做？”他最后问了一句。

“孩子，”鲍曼说，“尽力就好。”

戴立克指挥官靠近鲍曼，**“你将接受深度审讯，流程包括大脑分离手术。你将无法活过这一流程。”**

鲍曼没有回话，只是面无表情地直视着戴立克的目镜。

戴立克指挥官又靠近了一些，用得意扬扬的语气说：**“你拥有的情报将为戴立克所用。它将用来辅助我们获得胜利，并消灭人类种族。”**

“行，好吧。”鲍曼咕哝道，“说点儿我不知道的。”

“你要服从戴立克！”

鲍曼扬起一边眉毛，“是真的吗？如果我说‘不’呢？如果我说你可以举起你的枪杆——”

“安静！”

“为什么？你要对我做什么啊，戴立克？我太有价值了，你们无法消灭我。得让我活着接受审讯，记得吗？还得辅助你们消灭人类什么的。”

戴立克气得抖动起来，它的手柄和枪杆晃来晃去，圆顶的灯疯狂闪烁着。它回答道：**“你将被迫配合。如果有必要，你将永久致残并强行押送至审讯室。”**

鲍曼直起身体，挺起胸膛，说："没门儿，我要自己走过去。你说的那个审讯室在哪儿？"

博士气得想挥舞拳头。戴立克残忍地杀害了史克鲁姆，又使卡丁艾吉双腿瘫痪，并准备把他和科拉尔带到天知道什么地方去。可是鲍曼——这名了不起的、富有魅力的人类——在厚着脸皮故意刁难戴立克后，依旧维持着他的尊严。

科拉尔则有其他的想法。她想要挣脱束缚，却无能为力，连强大的肌肉也无法挣脱戴立克的机械爪。她露出尖牙朝鲍曼的方向挣扎，背甚至都弓成了弧形，但无济于事。

鲍曼看见她的举动，只是摇了摇头。"我不会有事的。"他哄劝道。

"不。"科拉尔转向博士，可怜巴巴地哑着嗓子说，"求求你……你不能让它们把他带走。"

博士咽了口唾沫，"科拉尔，我无法阻止它们。"

"你可以！你知道你能做到！"

他摇摇头，"我不能。"

"她在说什么，哥们儿？"卡丁艾吉问，"她说了什么？"

博士移开目光，"没什么。她不知道自己在说什么。"

"我知道！"科拉尔怒火中烧。她看向鲍曼，后者正看着他们。他皱着眉，苍老而布满皱褶的脸上露出些许疑惑的神情。然后她又转回来看着博士，"你知道未来的事情。你已经见过未来。

你知道今后会发生什么。你比他知道得多。”

“科拉尔，别说了！”博士说，“你不明白！”

“我只明白它们会把他带走，会把他的大脑挖出来！”科拉尔喊道，“而你却站在一边，任由它们这么做！跟你相比，他根本什么都不知道！”

博士朝她走近一步，他们周围所有的戴立克都转过来看着这场争执，“事实并非如此。我无能为力。”

这回，科拉尔没有说话。她只是盯着博士，脸上带着极度绝望的表情。

博士躲开了她的目光。

鲍曼对上博士的视线，缓缓摇了摇头。他的意思很清楚：别做。

“把乔恩·鲍曼押送到审讯楼层。”戴立克指挥官命令道。

两个戴立克把鲍曼押往戴立克基地深处的通道。鲍曼走在最前面，高昂着头，挺起胸膛，完全没有回头。

“等等。”博士说。

戴立克指挥官转过来看着他。

博士清了清嗓子，“我能私下和你说句话吗？”

“说话。”戴立克命令道。

“好吧，这可能有点尴尬……”

“解释！”

“那什么，我真的很讨厌听别人说这种话，不过……你知道我是谁吗？”

戴立克没有说话，只是盯着他。

博士向它走去，微微低下头，把嘴凑到戴立克的颈部格栅旁边。他无视从里面冒出来的油乎乎的有毒废气，又凑近了一些。

然后，他悄悄说了一句话。

那句话对戴立克的影响堪比电击——圆顶的灯不由自主地闪烁起来，它猛地退开，它的手柄、枪杆和眼柄都像受到惊吓的蟑螂的触角一样抖动起来。

“**警报！**”它大喊着左右转动圆顶，“**警报！扫描这名囚徒！**”

两个戴立克滑了过来，伸长吸盘臂。

博士站在原地，张开双臂。“来吧，”他微笑着眨了一下眼，“你们知道你们想这样的。”

摭子扫描了他的全身上下，两个戴立克同时变得不安起来。它们似乎往后退了一些，给囚徒留出更多的空间。“**紧急情况！**”其中一个戴立克尖叫道，“**紧急情况！此人是博士！**”

“你们扫描到两颗心脏了，对吗？”博士问，“它们总是让我暴露身份。”

众多的戴立克都加入呼喊，它们的声音里多了一丝歇斯底里，“**此人是博士！此人是博士！**”

“不好意思，”博士谦虚地笑了，“我不签名。”

戴立克指挥官把枪杆对准博士，“**不准动！不准动！你是博**

士！你是戴立克的敌人。你将遭到消灭！”

“哦，得了吧。你们总得先把我审讯一番，对不对？”博士看了看聚集在周围的戴立克，“再不济，也得来个简单的问答环节，对吧？”

一阵骚动以博士为中心向所有戴立克扩散，转眼传遍了巨大的岩洞。

卡丁艾吉顾不上自己，震惊地说：“哥们儿，你可真大牌。你到底对它说了什么？”

“只是足以让太空军少校鲍曼变成圣诞抽奖的三等奖罢了。抱歉啦。”博士转向鲍曼，对他耸耸肩以表歉意，“我猜它们现在不会对你那么感兴趣了，你可别太失落。”

“我就知道你对我们有所隐瞒。”鲍曼回答，“结果你居然是戴立克的头号敌人。恭喜你。”

博士遗憾地点点头，“我知道。事态发展得真有意思，对不对？”

“**安静！**”戴立克指挥官吼道，“**不准说话！你是戴立克之囚！你将接受审讯！然后你将遭到消灭！消灭！**”

“你们总是让我感觉自己特别受欢迎。”

戴立克终于忍无可忍，把搋子猛地捅向博士的腹部。他缩起身体，险些喘不过气。等他躺在地上喘着粗气时，戴立克指挥官转向了鲍曼，“**你将等待审讯。其他成员将到矿洞工作。**”

两个戴立克像提溜玩偶一样拎起卡丁艾吉，把他和科拉尔带往监狱深处的通道里。

科拉尔回头看着鲍曼，“我会回来找你的！”

然后，大门轰然关闭。鲍曼知道这是他最后一次看到科拉尔。

17

戴立克把博士押送到一间戒备森严的房间，准备让他再次接受扫描。尽管他天性乐观，可还是不得不承认现在的情况不太妙。当他被迫坐上那台机器时，不安地联想到了电椅。

机器发出嗡鸣，扫描区周围的圆形屏幕上显示着博士的分子级数据。众多的戴立克在房间里来回穿梭，查看着仪器和显示屏，气氛十分热烈。博士能感觉到，他的到来真的招惹了巨大的麻烦。

戴立克指挥官滑了过来，**“你将前往最高安全级别的牢房等候全面审讯。”**

“说真的，我不想给你添麻烦……”博士说。

“你被俘获的通知已经送达斯卡罗。”

“啊，好吧，人们都说坏消息传得快。”

“至高戴立克已经授权第一情报小组，让它们使用脑部探针抽取所有必要情报。该过程基本上是致命的。审讯将由戴立克审讯官主持。”

博士惊讶地扬起眉毛，“你是说，至高戴立克派别人来审讯我？这是对我的侮辱，简直可耻。至少它应该亲自过来。这可是更为重要的事，不是吗？”

戴立克指挥官向他靠过来，眼柄越来越近，圆顶的灯也闪烁起来，**“至高戴立克正在全力指挥对战地球！不过，等审讯官完成对你的审讯后，你可以期待至高戴立克会亲自前来！”**

科拉尔努力尝试不去想鲍曼。她在接待区时充满了怒火和恐惧,而那有可能令她失去一切。她必须活着,并想办法回到他身边。博士转移了戴立克的注意力，但科拉尔知道，这只是缓兵之计。

基地内的静电噼啪作响，空气里充斥着机油和仇恨的味道。卡丁艾吉几乎无法独立行走,不得不靠在科拉尔身上以获得支撑。电梯把他们送往更深处的地下监狱。当电梯缓缓减速停下时，两个人略微摇晃了几下。滑动门打开，戴立克把他们推到狭窄的走道上。下方是巨大的矿洞，胡乱开凿出来的岩壁向上延伸，直至凹凸不平的钟乳石拱形洞顶。

这里极其炎热，就像走进了烤箱。他们顺着斜坡往下走，穿过了一片灼热的浓雾。突然，平地映入眼帘：不规则的黑色花岗岩石块四处散落，其间遍布着火山熔渣、炽热的岩浆以及不断涌出的气泡。

这里到处都是人。人类全都铐在一起，挥舞着鹤嘴锄和铁铲将岩石敲碎，再把它们搬到笨重简陋的手推车里。

戴立克监工悬浮在岩浆之上，在一团团蒸汽中飘来飘去。在它们古铜色的外壳上，麻点和污渍随处可见。戴立克不停地转动圆顶，寻找着危险的苗头或者体力衰弱的奴隶。蓝色的目镜透过炽热的雾气，闪烁着致命而无情的光芒。

“**D 工作组，**”戴立克说，“**你们的生产率已经低于最低容限，你们的产量并不令人满意！**”

四个人同时抬起头，一脸惊恐地看着戴立克逼近。他们骨瘦如柴，无比憔悴，显然已筋疲力尽——而且都被锁在一起。其中一个头顶只剩几缕灰发的老人重重地坐在旁边的岩石上，用手捂住了脸，“我干不下去了……”

“这不是我们的错！”另一个人喊道。他看起来更年轻，也更健康。他指向坐在岩石上的虚弱老人，扯得锁链叮当作响，“他在拖我们的后腿，他不能再工作了，他病了！”

“**效率低下的工作组将遭到替换。**”戴立克冷冷地说。

又有两个戴立克缓缓降落下来，说：“**消灭！**”

它们没再多说一句话，而是对准四名奴隶开了枪。那些人尖叫起来，在死亡射线下挣扎扭动，最后沉入了岩浆。不一会儿，他们就消失了，只留下一摊冒泡的黏液，以及焦肉的恶臭。

“**站上前来。**”那个把卡丁艾吉和科拉尔押送到矿洞的戴立克说。

他们拖着脚走过去，科拉尔试着让卡丁艾吉保持直立。当他尝试着独立行走时，双腿一直在颤抖。

戴立克监工转过来，盯着他们看了许久才说：**“你们将组成D工作组。”**

“这个人受伤了。”科拉尔说，“他的腿受了伤，他无法工作。”

“那他将遭到消灭！”

“不，等等！”卡丁艾吉抬起一只手喊道，“等等。我没事，我能工作。”

“你能独自站立吗？”戴立克问。

“能。”

卡丁艾吉松开科拉尔的胳膊。他一副龇牙咧嘴的样子——显然承受着巨大的痛苦——可他还是努力站直了。科拉尔能看出来，卡丁艾吉只是不想满足戴立克杀了他的欲望。

“令人满意。”戴立克拖着声音说。

卡丁艾吉忍着痛露出了微笑，“可不是嘛。”

鲍曼像笼中困兽一样来回踱步。他的牢房只有几米见方，四面全是坚实的墙壁和地板，一扇窗户也没有，在他的头顶上方还挂着一盏刺眼的白灯。

相对的两堵墙边各摆着一张狭窄的长椅，鲍曼试着坐了下来，可他实在没法保持不动。他的愤怒像头野兽一样在体内发狂。他想一拳打在墙上，想一脚把门踹开，想把进来的第一样东西撕成碎片。

牢门打开，博士被扔了进来。他重重地摔到地上，发出一声呻吟，随后，门就在他身后轰然关闭了。

鲍曼怒冲冲地来回踱步，丝毫不打算扶他起来。

博士爬到长椅上坐下，盯着鲍曼看了好一会儿，说："走来走去只会浪费你的体力。光是看你走我都觉得累。"

"闭嘴。"

"抱歉。你在干什么？在想办法逃走？"

"没人能从这样的地方逃走。"鲍曼吼道，"你只能等它们来把你杀了。"

博士鼓起腮帮子，长叹一声，"真会安慰人。你也算我的狱友了。"

"我只是实话实说。"

"听起来更像是你已经放弃了。"

"你还看不出来吗？"鲍曼突然大吼一声，"你难道不在意吗？它们要把我们的大脑挖出来！一切都完了！"

"确切地说，它们要把我的大脑拆成一个个神经元。不过是的，它们很可能只会把你的大脑直接挖出来。"博士又小声地补充了一句，"前提是它们能找到……"

"你觉得这只是个天大的玩笑，对吗？"

博士伸了伸腿，交叉双臂，“不，我觉得这是一场灾难。最糟糕的是，我本该预见到这一切。”

“什么？”

“我们中计了，从一开始这就是个圈套。一个超级大的镀金圈套，上面写着‘这是圈套’几个发光的大字，而我们却大摇大摆地走进来了。”

鲍曼使劲地皱起眉，“你到底什么意思？”

“‘旅人号’上的那个戴立克，”博士解释道，“它骗了我们。当它终于开口说话时，它给我们留下了足够的线索，从而把我们引到这里，引到阿克海恩来。”

“你的意思是它骗了你。”鲍曼说，“记住，是你把我们带到这里来的。”

“对，好吧，如果你非要指责谁的话，那么或许……或许……我本该预见到这一切。我做了一件我告诉过你不要做的事——那就是低估戴立克。它们时时刻刻都在思考，在谋划，在算计。你一点也不能相信它们。那个戴立克被迫脱离生命维持系统，还受尽了折磨。可即使处在濒死的最后一刻，它也成功地算计了我们。它给我们透露了关于阿克海恩之门的一丝线索，然后让我的想象力去完成剩下的工作。它知道我是谁，也知道你是谁。它把我们骗进了除了斯卡罗之外最大的戴立克监狱。”博士眯起眼睛盯着虚空，“很聪明。真的非常聪明。”

鲍曼弯下腰，正对着博士的脸，“告诉你，我可不佩服戴立克，从来不会。我尊重它们，但并不佩服它们。”

博士微笑起来，“错了，鲍曼。这不是尊重，而是恐惧。”

“你说什么？”

“我说这是恐惧，也就是你现在的感受。”

“不可能。”

“你害怕戴立克会对你做什么，害怕它们会对你的朋友、家人和挚爱做什么，害怕它们会对我们所有人——所有不是戴立克的人和物做什么。因为你知道，它们永远不会停歇，直到全宇宙只剩下戴立克这一种生物。”

“至高无上的存在？”鲍曼冷笑道，“做梦去吧。”

“你这才像话嘛。”博士笑了，“人老心不老。”

在矿洞中，另外两名囚徒——女人和女孩——被押送到了卡丁艾吉和科拉尔所站的地方。镣铐和锁链很快将他们的手脚拴住，把四个人绑在了一起。女人和女孩紧紧挨着彼此，甚至都不敢抬头。

“你们的任务是清理钻孔区的石块。”戴立克说，**“如果工作不够勤奋，那你们将会遭到消灭！”**

卡丁艾吉看着同时低头的女人和女孩。她们可能是一对母女，女孩看上去只有十一二岁。卡丁艾吉感到一股怒火在熊熊燃烧。

“你在开玩笑吧？”他对戴立克说，“她们没法工作。她还只是个孩子。”

戴立克滑了过来，它的枪杆在插槽里旋转，**“戴立克从不允许例外。你们将组成一组工作。如果没有完成任务，那你们将遭到消灭。”**

“我跟你说了，她不能工作——”

“不准与戴立克争论！你要服从！”

卡丁艾吉感觉有一只冰凉的手搭在他的胳膊上。那个女人抬起头，隔着薄薄一层脏兮兮的头发，用哀求的眼神看着他。她没有说一句话，也没必要说话。她的意思十分清楚：求你安静下来，不要再争论了，不要招惹它们。

那个女人一直紧紧搂着女孩的肩膀，让她贴着自己。她正在尽全力保护她的女儿。卡丁艾吉心里的怒火转化为无助。他看到戴立克闪烁着蓝光的目镜正在挑衅他，想让他继续争论，希望他继续争论。

“好吧。”他咕哝道，“好，你赢了，不过只是暂时的。我们去搬石块就是了。”

“大点声。”戴立克说。

“我说好！我们会去工作！”

卡丁艾吉转向科拉尔。她正无精打采地盯着地面，看起来十分泄气，她的手腕上挂着沉重的锁链。

"喂，别低着头，宝贝儿。"他小声说，"好了，我们走。"

卡丁艾吉之前一直靠在科拉尔身上走路，不过现在他感觉到双腿传来针刺般的剧痛。他猜这应该是个好迹象，意味着他的双腿渐渐恢复知觉了。他能自己走一小段路，尽管双腿仍剧痛无比。

"我能行。"他压低声音对科拉尔说，"别再帮我了。要是它们觉得我不能独立行走，它们就会马上开枪，你记住了。"

科拉尔点点头，让他一个人站着。卡丁艾吉深吸一口气，感觉双腿的神经仿佛在燃烧。他下定决心要独立行走——换作是乔恩·鲍曼，他也会这么做的。

四个人笨拙而缓慢地穿过矿洞，绕过一团团蒸汽和其他奴隶身边，来到布满岩石和碎块的区域。几个工作组——绑在一起的四人小组——正在搬石块，他们一个传一个地把石块扔进金属废料桶。

"它们根本不需要我们来做这件事。"卡丁艾吉厌恶地说，"它们用机器就能做得更快、更好。为什么要使唤我们？"

"因为它们可以这么做，"科拉尔说，"因为它们喜欢这么做。这是戴立克的原则——征服低等种族。"

一个戴立克滑过来看着他们，于是卡丁艾吉立马搬起一块石块。"赶紧开工吧。"他说，"把石块传过去。"

科拉尔把石块传给那个女人，女人又让自己的女儿把石块搬到废料桶旁。女孩扔完石块便快速走回来挨着母亲，等待着下一次劳作。每做一个动作，他们身上的锁链就叮当作响。

卡丁艾吉又一次感到怒火中烧。不过，戴立克把他们团团围住——所有的戴立克都在找借口消灭奴隶。他什么也做不了。

除了——他麻木地想——戴立克让他们做的事情。

“它们这里有这么多间牢房，而我偏偏要跟你共用一间。”

博士从长椅上坐起来，“情况本来会更糟糕。这会儿戴立克本可能挖出你的大脑，并完成解剖了。”

“真是艰难的选择。”鲍曼坐回狭窄的金属长椅，交叉双臂。

“至少这样一来，我们能多争取一点时间。它们正忙着考虑怎么处置我，所以把你放到次要位置上了。”

“随你怎么说。”

“而且它们是故意把我们关在一块儿的。”博士说着向上看了看。牢房由金属制成，毫无特色——除了天花板上的保护灯，以及安装在一面墙高处的监控摄像头。那东西看起来很像戴立克的眼柄。“它们会监控我们的一举一动。它们想知道我们都说了些什么。”

“什么也不会说。”

“哦，别这样嘛。聊天挺好的！我喜欢聊天。”

鲍曼闭起眼睛，“对，我发现了。”

他们静静地坐了一会儿，然后博士说：“太空军少校鲍曼，你是真人不露相啊！”

鲍曼瞪了他一眼，“你从来不知道放弃吗？”

“不知道。所以你就告诉我吧，为什么你对戴立克如此重要？”

“你不是说它们在监听吗？”鲍曼说着指了指墙上的眼柄。

“对，不过这些戴立克已经全知道了。它们可能只会转去看看另一边的情况。”博士坐到长椅边缘，指着鲍曼前臂上的白色伤疤，“是它暴露了你的身份，对不对？你把地球司令部的信号发射器取了出来。每一个高于上尉军衔的人在接受委任时都会植入它。那是一小块芯片，用来向司令部传送你的位置信息和健康状况，也就是报告你是死是活。这样一来，地球司令部就能追踪到银河系内每一位重要的军方成员。可你却把芯片给移除了，这样做严重违反了规定。你是逃兵吗，太空军少校鲍曼？”

鲍曼眯起了眼睛。博士一直盯着他，把眼睛睁得大大的，张着嘴露齿而笑。鲍曼很想一拳把他揍晕。

“情况比你想的要复杂一些。”他过了一会儿才说。

博士坐了回去，把双手垫在脑后，伸长两条长腿，“继续说，我听着呢。”

“好吧。”鲍曼声音低沉地说，“或许只是在当时看来比较复杂。我曾经是拥有大好前程的优秀士兵，在第一次戴立克侵略战役中立了功，升了职，不知怎的就成了太空军少校。后来我才知道，这份工作是参与设计地球中枢防御系统。我的身份从在前线作战的士兵变成了坐在办公桌后面的安全顾问。我一点都不喜欢那份工作——但我做得很好。”

一想到过去的事，他的脸上闪过一丝苦涩，“等我的工作结束了，地球司令部开始觉得我是个安全隐患，因为我知道得太多了，而最保险的解决办法就是抹除我的记忆。”

博士同情地皱起眉，“难怪你不想让地球司令部掺和进来。”

“对，我可不想下半辈子变成无脑的老兵，待在什么疗养院里。所以我离开了。”

“你逃跑了？”

“我移除芯片，把它埋在了麦可隆[1]上的沙漠里。然后，我开始逃亡。”

“接着做你唯一会做的事——杀死戴立克。”

“这是我唯一想做的事。我开着‘旅人号’在地球空域的边境上工作了一段时间。后来，地球那边越来越手足无措，他们开始雇用赏金猎人前往位于前线的星球，不断袭击戴立克的军队。我抓住了这个机会，而且赚了不少钱。”

“不过相对于太空军中高级军官的职位，这个身份有点落魄了。”

1. 作者虚构的一颗星球。

“至少比变成抹除记忆的老兵要好。”鲍曼想了想自己说到哪儿了，又补充道，“不过现在看来结局好像也一样。地球中枢防御系统的情报还保存在我的大脑里。戴立克知道这一点——因为我在它们的通缉要犯名单上待了好多年。现在我人在这里，却忍不住想自己当年是不是就该接受那次洗脑。”

“胡说。只要你还活着，还没有丧失理智，那就总会存在希望。一直都会的。”

鲍曼扬起一边眉毛，“作为一个身处戴立克最大号的监狱、关在最底层的牢房里、坐在长椅上的人来说，你还挺乐观的。”

博士突然想起了什么，“你听说过戴立克审讯官吗？”

鲍曼的眼睛微微睁大，“你从哪儿听到的那个名字？”

“戴立克指挥官说戴立克审讯官将亲自审我。你想到什么了吗？”

鲍曼直起身体，整个人的行为发生了细微的变化。他警觉起来，十分紧张，双眼一反常态地睁大了，“你一定是在开玩笑吧？难道你从未听说过戴立克 X？”

“我需要知道吗？”

鲍曼深吸一口气，“戴立克审讯官是地球司令部的主要目标之一。它在太空军中的代号是 X，所以有了这个昵称——戴立克 X。要是它们把它叫过来了，那你的情况比我想的要糟糕得多。老实说，你一定是把从这里到斯卡罗上的所有戴立克都给吓坏了。”他倾身向前，盯着狱友，就像是头一次见到博士那样仔细打量着他，“说真的，你究竟是什么人？”

“别管我了，说说那个戴立克X吧。”

“它是个大麻烦。通常某个戴立克不会专门获得某种名声——不过它是至高戴立克手下的高级指挥官之一，而且是特别让人头疼的人物。听说它下令消灭的人类比历史上任何人都要多。有人形容它是披着戴立克外衣的恶魔。”

博士垮下了身体，“现在我突然不那么乐观了。”

18

卡丁艾吉依旧感到疼痛难忍。他像发了高烧一样浑身发抖，每隔几秒就有一阵灼热的疼痛窜过双腿。他偶尔会踉跄几步，或者痛苦地单膝跪地。科拉尔不得不迅速把他拉起来，以免让戴立克注意到。每当戴立克向他们靠近时，他的心都提到了嗓子眼儿。

戴立克在人群中间穿行。有的戴立克把摅子换成了带电的尖头，用来戳它认为偷懒的奴隶。每戳一下，尖头都会发出响亮的噼啪声，而它戳中的奴隶则会立刻加快行动，同时眨眼挤掉痛得流出来的热泪。

“我再也受不了了。”卡丁艾吉咕哝道。

科拉尔看着他，“别停下，你几乎比这里的任何人都要强壮。”

“我不是那个意思。如果我的双腿能坚持住，我可以搬石块搬到天荒地老。我的意思是受不了那些狗东西折磨无辜的人。”

“继续工作吧。”队列后面传来一个声音——是那个女人在说话，她的声音有些颤抖，但她那双绿色的眼睛却目光坚定，“要是你干蠢事，戴立克就会把我们都杀了，包括我和我的女儿。”

卡丁艾吉垂下眼帘。

“我叫叶妮法。”女人的脸上露出一丝难以察觉的微笑，“这是库莉。”

“嗨。”库莉小声说。

卡丁艾吉不由自主地对女孩挥了挥手。她长得很像她的母亲——有着又长又直的头发和坚定的眼神。“你们在这里多久了？”他问。

“久到足以知道你受了重伤。”叶妮法回答道。

“我没事。”

“你连站着都很困难，还一直在发抖。”

科拉尔说：“戴立克击中了他的双腿，好像是某种电击。”

“那是神经系统休克。”叶妮法解释道，“我在奥罗斯上是一名护士。戴立克拦截了难民船队后，把我们都带到这里来干活了。不过在此之前，我帮忙治疗过像他这样的病人。”

“妈咪，他会死吗？”库莉问。她好奇地盯着卡丁艾吉，好像在等他随时跪倒在地。

“喂，”卡丁艾吉说，“宝贝儿，我还不打算离开呢。”

“有什么区别吗？”叶妮法说，“对我来说，我们已经身处地狱了。”

一个戴立克从浓雾中降落下来，“**不准说话。你们是来工作的。禁止聊天。服从戴立克。**”

“好，好。”卡丁艾吉咕哝道，“总是这一套。”

戴立克的尖头刺过来，一道电流击中了卡丁艾吉的胸口。他大喊一声，重重地坐倒在地，带动锁链发出叮叮当当的响声。科拉尔想把他拽起来，但很困难。卡丁艾吉感觉双腿仿佛着了火，虚弱得如同初生的羔羊一般。他咬紧牙关抓着科拉尔。

“**你不能站立。**”戴立克说，“**如果你不能站立，你就不能工作。**”

“我们已经谈过这件事了。”卡丁艾吉不耐烦地说，“我跟你说了，我还能站立。等你变成地上的一堆铁锈时，我还会一直站立着。听明白了吗？”

戴立克冷冷地看着他，“**如果你不工作，你将遭到消灭。**”

“对，”卡丁艾吉点点头，弯腰搬起一块石块，“你是这么说的。”他考虑了一下要不要把石块砸向戴立克的目镜。虽然那样做丝毫伤不到它，但能让自己感觉好一些。这个想法只持续了一瞬间，随后他又想到科拉尔、叶妮法和库莉。于是他转过身，把石块传了下去。石块顺着队列传到末尾，然后落进废料桶，发出响亮的声音。

戴立克见此情景，满意地离开了。

卡丁艾吉咬着牙忍住剧烈的疼痛，弯腰又搬起一块石块。他的双腿在颤抖，他的心脏怦怦直跳，可他并没有停下来。

在主控室内，戴立克指挥官转向其中一名手下说：“**汇报！**”

“**行星核心挖掘工作落后于原定计划。**”戴立克说，“**奴隶的产出正在下降。人力均转移到901层以确保最大限度的安全。**”

901层是阿克海恩守卫最森严的区域。那里是关押博士的地方。

“**了解。**”戴立克指挥官回答，“**汇报时间研究小组的进展。**”

“**持续进展中。小组预测将在三个恒星日内突破大门。**”

“**不可接受！阿克海恩之门必须尽快突破。将所有可用人力转向该项目。第一优先等级！**”戴立克指挥官滑到其中一个主控台前，那里有好几块圆形屏幕，上面显示着周围的宇宙空间，“**戴立克审讯官将在400雷尔[1]内抵达！舰队已在阿克海恩系统边缘保持高度戒备。我们必须做好准备！**”戴立克指挥官的声调明显变高了。

“**我服从！**”戴立克手下圆顶的灯飞快地闪烁起来。它尖叫着快速离开了主控室。

戴立克指挥官看着屏幕，有一支戴立克舰队正飞向阿克海恩空域。古铜色外壳内皱缩的生物既期待又恐惧，跟主控室内其他的戴立克一样，它感觉到重要的时刻即将来临，或者说，即将终结。

戴立克X就要来了。

---

1. 戴立克的时间测量单位，详见新版《神秘博士》剧集第三季第五集。

戴立克审讯官沿用了地球司令部给它起的代号。它明白这个代号能够激发人类的恐惧——对未知的恐惧，对它冷酷无情的恐惧，对它完全忠于至高戴立克的恐惧。

戴立克X只有一个目的、一个目标：完全地、彻底地毁灭人类种族，征服所有其他的种族，不惜一切代价称霸宇宙。这些是所有戴立克的核心信念，但戴立克X还有另一种动力：它确信戴立克种族达成终极目标的唯一方法，就是征服空间和时间。它只服从斯卡罗上的至高戴立克。整个星系的所有生灵都对它心怀恐惧。

而它，正在为博士而来。

“我们必须离开这里。”博士正在牢房里转圈，检查着每一寸墙壁和地板。

“别犯傻了！”鲍曼低吼道。

“你要么坐在那儿对我吹毛求疵，要么过来帮忙。”

鲍曼哼了一声，“你在找什么？暗门？”

“任何东西，随便什么东西都行。”博士趴了下来，把耳朵贴在金属地板上，“我什么也听不见，这里应该是最底层。”

“我猜也是。”

博士一跃而起，“好吧，这意味着一个好消息：往上走是唯一的出路！”

“你又开始乐观了？”

“哦，是的！”

“你疯了。”

“我在这里面，而我想到外面去。”博士指着门说，“这算是疯了吗？”

“省点儿力气吧，博士。等戴立克X来了，你还得留一口气惨叫。”

“等戴立克X来了，我早就逃走了。不过，要是你见到它了，记得替我向它问好。”

“你永远都不打算放弃吗？”

“你会吗？”

“博士，你以前从戴立克监狱里逃脱过吗？”

“数不胜数。我去过太多次，就连T恤都买了，上面印着：我去了斯卡罗，结果只拿到这件破T恤。相信我，逃出去并非不可能。”

“行吧。”鲍曼缓缓站了起来。他跟博士一般高，不过壮实得多，似乎把整间小牢房都给填满了。“我们要做什么？”

“砸门。喊警卫。你就说我病了——我发疯了之类的。或者说我死了！对，告诉它们我死了。我就这么突然倒在地上——双重心脏病发作。它们听了会马上赶过来的。”博士迅速躺倒在地，闭着眼睛伸开四肢，“喊吧！”

鲍曼开始砸门。“喂，戴立克！”他喊道，“我知道你们在外面。你们最好进来看看，博士倒下了，我觉得他死了。”

外面一片安静。

博士睁开一只眼睛，“有什么反应吗？”

“嗯，我想它们应该叫了救护车。”

“现在可不是培养幽默感的时候，鲍曼。”博士重新站起来，“我还以为你会一如既往地阴郁和悲观呢。”

“喂，我只是在它们把我的大脑挖出来之前打发一点时间。同时，我还想知道它们看到你在这儿耍猴戏，心里会做何感想。”他指着墙上的眼柄，“难道你忘了它们在时刻监视我们的一举一动，时刻监听我们的每一句话？”

博士抬头看向眼柄，故意表现得非常惊讶。随后他转向鲍曼，两个人同时放声大笑。

“好吧。”过了一会儿，博士喘着气擦掉笑出来的眼泪说，“至少值得一试！”

鲍曼感叹地摇了摇头。两个人看着彼此，默契地感觉到他们之间特殊的友情。一起关在戴立克监狱的最底层牢房，他俩都知道自己生命的终点近在眼前。

高音喇叭声顺着金属墙壁从远处传到他们的牢房里。那是警报的声音，让人的胃如翻江倒海一般难受。

鲍曼咽了口唾沫，“戴立克 X 来了。”

19

在阿克海恩的恒星系边缘，一支戴立克舰队从超空间中出现，飞速朝破碎的行星飞来。在遥远的恒星照耀下，行星像一颗小钻石一样闪烁着。

至高戴立克手下的审讯官拥有一艘巨大的“消灭者号”战舰，六艘护卫舰在它的前方飞行。这是一艘顶级飞船，最大程度展现了戴立克力量。十组巨型反重力推进式发动机推动飞船前进，能量如此之大，以至于留下了一长串时间扭曲尾流。飞船中心的中子反应堆为一大批粒子束武器、导弹和防护力场供应巨大的能量。飞船上载着满员的标准机组，包括五百个戴立克、十位指挥官，以及最高级别的审讯官——戴立克 X。

这支舰队从斯卡罗指挥战舰中脱离出来，它的目标只有一个：护送审讯官率领的第一情报小组前往阿克海恩。它的任务是：审讯并毁灭戴立克的终极敌人——以“博士”之名为人所知的叛逆时间领主。

舰队俯冲进入环绕星球的轨道，穿过仅剩的上层大气开出一条路。昔日美丽的城市的残骸上空充斥着一连串音爆的巨响。“消灭者号”进入同步轨道，与巨型岩洞齐平。由于“消灭者号”过于庞大，无法停靠在岩洞里或是干船坞内，飞船只能悬浮在空中。发动机巨大的反推动力将岩洞边松散的石块震落下来。飞船边上的舱门滑开，一个戴立克方阵整齐地从里面拥出，朝着陆台飞了过来。

基地的各个楼层都聚集了按等级列队的戴立克，位于最前方的是闪着古铜色光芒的戴立克指挥官。

“消灭者号”上的戴立克悬浮在空中，一支小队从队伍中分离出来，降到了接待区。最先落地的是两名戴立克精锐护卫，它们的黑色圆顶不断左右转动，两组枪杆高高扬起。然后是四名戴立克强袭护卫，它们装的是激光切割爪而不是搋子。

最后，戴立克 X 降到了地面。

它的外壳不是戴立克常见的古铜色，而是青铜黑色，镶嵌的圆球和厚厚的束条则是金色的。它傲慢地落在着陆台上，径直滑过戴立克指挥官身边，甚至没有瞥它一眼。

戴立克指挥官慌忙跟了上去。

“**汇报！**”戴立克 X 吼道。

戴立克指挥官稍微靠近了一些，一刻不停地向监狱区移动，戴立克精锐护卫和强袭护卫跟在它们两旁。“**磁核分离任务正在按要求进行——但因为博士的到来，进度有所落后！**”

“还需要多久才能突破阿克海恩之门？”

“时间研究小组预测，距离打开阿克海恩之门还有两个恒星日。粒子加速轰炸会立即跟进！”

它们来到监狱区的通道里，戴立克X转过身来，第一次将冷冰冰的目光落在戴立克指挥官身上。“进度落后不可接受。”它说，“传唤负责磁核分离的戴立克。”

“我服从！”

戴立克X领着小队移动到监狱控制中心，戴立克精锐护卫停在它的身后两侧。很快，三个戴立克监工前来报到。它们古铜色的外壳上布满了泥灰和行星熔岩飞溅出的岩浆。

戴立克X圆顶的灯充满威胁地闪烁起来，“解释磁核分离进度落后的原因！”

其中一个戴立克滑到前方，紧张地说：“由于博士的到来，矿洞工作区的人力遭到调离，所以进度中断。人类奴隶不够强壮，无法承受增加的工作量。”

“进度落后不可接受。”戴立克X毫不留情地说，“你不配为戴立克！失败不能容忍！消灭！”

它两侧的戴立克精锐护卫马上开火，将两道中子能量束射向戴立克监工，把里面的生物活活烧死。能量束刺耳而尖厉的声音盖过了濒死的尖叫。片刻之后，那个戴立克就只剩下一副焦黑的外壳，油烟从颈部格栅里冒了出来，还伴随着一阵轻微的滋滋声。

“回收外壳。”戴立克X命令道，然后转向剩下的监工，“分离任务继续进行，强迫人类加快进度，并加强工作力度。每隔一小时选出一名最虚弱的人类，当着所有奴隶的面把他消灭，他们将会加倍努力。继续工作！”

“我们服从！”戴立克大声回应后，转身匆匆离开了。

博士把听诊头贴在牢房的门上，小心翼翼地将它顺着金属门框移动，仔细听着外面的响动。然后，他扬起了眉毛。

“外面很嘈杂。”他喃喃道，“有什么东西把它们给刺激到了。”

“跟你说了，”鲍曼说，“那是戴立克X。”

博士直起身体，收好听诊器，“我们得离开这里。”

“我怎么就没想到这个主意呢？”鲍曼讽刺地感叹道。他坐在长椅上，看见博士焦虑地挠着头。

“不可能每个人都是天才。”博士说道，但他的脸上没有笑意。他开始翻找自己的口袋。

“这里是戴立克最高级的关押及审讯中心，没人能活着出去。”

“你又开始悲观了。”

“我说了，这不可能！”鲍曼低吼道。他已经失去了耐心。

“我就喜欢不可能！”

卡丁艾吉又绊了一跤，猛地跪倒在地，险些把科拉尔也拽倒了。

她踉跄了几步，迅速抓住他的胳膊把他拉了起来。

“你要是再倒一次，我们就都没命了！”她在他耳边小声说。

卡丁艾吉把她的手甩开，“你以为我不知道吗？”他低头看着双腿，迷彩服裤腿已经渗出了血迹。他感觉不到出血的疼痛，因为他的双腿依旧充斥着神经的刺痛。他不得不使劲集中注意力才不让它们颤抖。俯身搬起石块的动作变得越来越困难了。

“求求你们，别吵了。”叶妮法隔着科拉尔朝卡丁艾吉看过去，“这样做只会招来不必要的关注。”

“不搬石块才会招来不必要的关注。”卡丁艾吉愤恨地说。

“那我们换个位置吧。”叶妮法提议道。她把一缕浸满汗水的头发别到耳后，她的手指疼得厉害，还渗出了血，可她从不抱怨。库莉在她身后静静地看着，瞪大的双眼里满是恐惧。

卡丁艾吉不禁为自己感到羞耻。

“我站到前头去，”叶妮法飞快地解释道，“你过来站在后面。这样你就不用经常弯腰了。”

“我又不是个废人。”卡丁艾吉说。

“戴立克可能不同意你的说法。”科拉尔说。

“小心点！”叶妮法突然压低声音说，“它们回来了。”

两个戴立克监工悬浮在炽热的岩浆之上，用眼柄扫视着人类奴隶。

“注意！目前的工作速度不可接受！你们要马上提高效率！马上！”

“我们没法再提高效率了。”一位老妇人大胆地争辩道。她站直身体，正对着其中一个戴立克。她的灰发像电线一样在脑袋上凸显出来，但她的脸上却流露出反抗的激烈神色。“你们太过分了。”

“不准与戴立克争辩！”戴立克监工吼道。它伸长吸盘臂，用搋子抓住了她的脸。

由于无法呼吸，她很快就被迫跪了下来。搋子松开后，老妇人瘫倒在地，气喘吁吁。她的组员都围过来，尽可能快地把她扶了起来。每个人都知道，一旦她表现出虚弱的迹象，整组人就会没命。

“从这一刻起，我们将每隔一小时挑选出最虚弱的工作组。”戴立克继续对整个矿洞的人说，它那刺耳的金属嗓音回荡在石笋之间，**“被选中的工作组将遭到消灭。”**

“后续不会再发出警告了！”第二个戴立克补充道。

人群惊恐地议论纷纷——但没有人敢大声争论。

“它们的心情很不好啊，”卡丁艾吉小声说，“比平时还糟糕。它们到底怎么了？”

“出于恐惧。”科拉尔说。

戴立克穿过人群，它们的圆顶不停地转动，**“现在选出第一个会遭到消灭的工作组。”**

奴隶们暗自恐慌地四处走动起来，每个人都想要比旁边的人显得更强壮、更高大、更健康。卡丁艾吉的双腿开始颤抖，他咬紧牙关，汗如雨下，汗水把衣服都粘在了皮肤上。他知道自己看起来一定很糟糕，周围的每个人似乎都比他更健康，身体也更挺拔，就连刚才被攄子吸过的老妇人看上去都比他更有活力。

戴立克拦住了矿洞边缘的一个工作组。从卡丁艾吉和科拉尔站的地方看不到那组奴隶。那些人很老吗？很虚弱吗？是不是受伤了？他们全然不清楚这些情况，只听到一声凶狠的**“消灭！”**，紧接着是中子能量束击中目标发出的炫目蓝光。

然后是一片死寂。

“继续工作！”戴立克命令道。

剩下的奴隶急迫地工作起来，每个小组都在跟旁边的小组竞争，仿佛这是一场死亡竞赛。

卡丁艾吉快速搬起石块，把它往后面传。库莉把石块扔进废料桶，每次扔完都会喘一小口气。整个过程不断重复，越来越快。卡丁艾吉颤抖起来，他的双腿火辣辣的，他的眼里含着痛苦的泪水。不论他们是谁——戴立克刚刚杀掉的那些人——他们肯定不会比他虚弱多少。恐惧和内疚让他感到一阵恶心。戴立克还有多久会找上他？

在监狱控制中心里，戴立克指挥官正在仔细观察着显示屏。圆形屏幕上投射出矿洞、行星核心、研究室和监狱区的画面，其中一块大屏幕上显示着位于 901 层的博士的牢房。博士和鲍曼正在面对面坐着交谈。

戴立克 X 滑了过来，认真地注视着屏幕，问：**“哪一个是博士？”**

戴立克指挥官指出了博士。那个细瘦的身形让古铜色外壳里的生物局促不安，但戴立克 X 似乎不为所动。它仔细研究着屏幕上的时间领主，目镜里的蓝光越来越亮。古怪的事发生了，博士竟抬起头直视着监控摄像头。那双睁得大大的外星眼睛仿佛穿过了屏幕，注视着正在观察他的戴立克。

“博士知道我们在观察他！”戴立克指挥官说。

“这不重要。博士的智力高于类人生物的平均值，某类反应可以预测。”

戴立克指挥官轻触控制键，一连串图像飞快地闪过屏幕，上面出现了不同的男人：有老有少，有高有矮。不同的面孔快速切换，令人眼花缭乱。**“此人与戴立克数据库中任何已识别的博士版本都不匹配。”**

“他会不断改变自己的外貌和身形以躲避侦查。”戴立克 X 解释道，它的目镜一直盯着屏幕上的博士，**“他曾干涉过大量的**

戴立克计划，但他今后将无法再继续那种行为了。”

“他很机智，也很狡猾。”戴立克指挥官提醒道。

“侥幸罢了，他的傲慢将成为毁灭他的元凶。”戴立克 X 转过身去，“带他到审讯室去！”

博士和鲍曼把口袋都掏空了，想看看他们能凑出什么东西。这是博士的主意，鲍曼之所以照办，是因为他实在懒得和狱友争论。

在牢房中央的地上摆着一小堆杂物：博士的音速起子、一张通灵纸片、一副眼镜、一把塔迪斯的钥匙、一支铅笔、一把奇奇怪怪的硬币、几根细绳，还有两根橡皮筋。博士叼着听诊器的耳塞，仔细研究这堆零碎。

“没有枪。”鲍曼说。

“枪不是唯一的武器，”博士尖刻地回答，“资源才是关键——要动我们的大脑。或者说，我的大脑。”

“你打算用一支铅笔干掉戴立克？”

博士在零碎里挑拣起来。音速起子没有用，因为所有的门都是死锁，起子连一道划痕都弄不出来。他拿起塔迪斯的钥匙，伤心地看着它。他紧紧握住钥匙，“博士，加油啊，想办法！”

鲍曼叹了口气，往后坐了坐。

“你一定还有别的什么东西。”博士坚持道，“快点儿，什么都行。你确定你把所有口袋都翻遍了？没人会这样轻装出行。”

“我会。”

“你试都不试一下。你已经放弃了！”

鲍曼扬起一边眉毛，“我想我很早很早以前就已经放弃了。”

博士从他的语气里察觉到了什么。他停了下来，定定地看着鲍曼，说：“你是说，从你第一次逃亡的时候开始？我认为卡丁艾吉并不会相信你的话，他非常崇拜你。”

“卡丁艾吉只是个孩子。”鲍曼抬起大手揉了揉眼睛，“不，我早在那之前就放弃了。”

他把手伸进侧兜，掏出一张小卡片，把它扔到了博士面前。这是一张有些皱巴巴的旧照片，边缘都折角了。博士曾在“旅人号”上鲍曼的舱室里看过这张照片，上面是脸蛋光滑、格外年轻的乔恩·鲍曼，还有他骄傲的双亲。

“给，”鲍曼低声说，“这就是我身上的所有东西。没别的了。”

博士拾起照片，仔细研究了一会儿。照片上那个来自过去的鲍曼正在微笑，对自己的未来一无所知。博士不禁想，要是年轻的他知道自己的前路如何，还会不会露出如此灿烂的笑容？如今的他变得衰老而强硬，无依无靠，心灰意冷，正坐在戴立克监狱牢房的地上。

“自从我们来到这里……”鲍曼声音沙哑地说，“自从我遇见了你……我就感觉时候到了——穷途末路。当我看着躺在医疗舱里的斯黛拉时，我就知道——我就感觉到了有什么东西即将到来。”他拿回照片，目不转睛地看着它，“穷途末路。”

“还没到时候呢。”博士说，“你永远不能放弃。机会永远存在。”

他并不信服地咕哝一声。

“你的父母还健在吗？”

鲍曼耸耸肩，“也许吧。我有很久很久没见到他们了，我甚至怀疑他们还会不会想起我。为什么要呢？我只是一段糟糕的回忆。当我逃亡的时候，军队一定已经找到他们，并把消息告诉了他们。”鲍曼慢慢紧闭双唇，盯着照片上的双亲笑盈盈的眼睛。他知道他们并不是在对照片外的自己微笑。

“现在还为时不晚……”博士开口道。

牢房的大门突然打开，两个戴立克现出身来。

“穷途末路，博士。”鲍曼说。

20

戴立克把他们带出牢房，穿过一条条一模一样的金属通道。博士看得出来，鲍曼变得十分焦虑。他面如死灰，紧闭的双唇都发白了，眼窝也深深凹陷。他对即将到来的事情了然于胸。

博士的心脏在胸腔里怦怦直跳，血液不断涌入他的大脑。他在尝试思考，在尝试想出危急关头的逃生计划，或者特别棒的主意，可是他的大脑一片混乱。

他们经过了好几间实验室，透过巨大的窗户，博士能看到在里面工作的戴立克。在其中一个房间里，它们把阿克海恩上的变异体绑在墙上，它的皮肤在刺眼的电灯下散发着光芒。一个戴立克朝变异体开火，另一个则在计算具体需要多大的火力才能消灭这样的生物。很快，变异体便如同凋零的落叶一般变得焦黑。

博士感到一阵恶心，移开了目光。

他们来到了交叉路口。鲍曼被带到一扇门边，博士则被推向另一扇门。

“看来时候到了，”鲍曼说，“是时候让它们听一听我的想法了。”

博士努力想对鲍曼的玩笑挤出微笑,但他只能感觉到深深的、无助的悲伤。他艰难地吞咽了一下，然后看着鲍曼。

“我很抱歉。”他说。

鲍曼竖起手指碰了碰前额，朝他戏谑地敬了个礼，“祝你好运。”与此同时，大门开始缓缓关闭。

“千万别放弃！”博士对他喊道，“别放弃！”

然后，大门轰然关闭。

“走！”他旁边的戴立克命令道。

博士深吸一口气，跟随戴立克走进了昏暗的房间。戴立克把他押到金属墙边，并强迫他贴着墙站直。这种像当枪靶子的感觉真糟糕。铁环死死锁住他的手腕和脚踝，让他动弹不得。戴立克退了出去，哐当一声关闭大门，把博士留在了完全的黑暗之中。

这里很冷。他不知道房间有多大，也不知道这里面还有没有其他人。他什么都看不见，只能听见戴立克机械装置发出的强烈震响，以及刺耳的电流声。空气中充满了静电。

某种冰冷的金属物体裹住他的脑袋，把它牢牢夹住。无数根细针刺入他的头皮，博士痛苦地喘息起来。“是时候了。”博士心想，他的心跳逐渐加速，“我人生终点的开始。”

最后，黑暗中亮起了光——那是一个蓝色的圆盘。博士凭感觉认出了那个熟悉的轮廓——戴立克的目镜。蓝色的目镜一直对着他打转。

随后，一个刺耳尖厉的声音说：**“博——士——”**

戴立克每说出一个字，圆顶的灯就缓缓闪烁一下。博士咽了口唾沫，他发现这个戴立克一点儿都不着急。他舔了舔嘴唇，尽可能欢快地回答道：“对，是我。”可他的声音听起来比预想的要紧张得多。

“我是戴立克 X。**”**

“不好意思，见到你我并不是很高兴。”

“你正连在一台戴立克的大脑探测器上。这台机器已经校准至你的特定脑电波频率。”

“你从我这儿不会得到任何东西。”博士脱口而出。

“那不是我的计划，”戴立克 X 说，**“暂时不是。”**

由于大脑探测器已把博士的脑袋固定住，他完全转不了头。这东西就像老虎钳一样夹着他，要是螺丝再拧紧两下，他的头盖骨就该裂了。“那么……”他最后说，“你想要什么？如果你想得到我制作面包黄油布丁的秘方，那还是赶紧放弃吧。我会把这宝贝带进坟墓。”

“我打算测试你对物理疼痛的耐受程度。”戴立克 X 说。

“哦。为什么？”

“因为我想这么做。”

戴立克 X 的搋子轻触大脑探测器，稍微转动了一下旋钮。

一股猛烈的电流窜了出来，博士的背立刻像弓一样拱了起来，身体在铁环的束缚下绷得紧紧的。极度痛苦的号叫在黑暗中回荡。

他不知道电流过了多久才停下来。在不断变化的疼痛中，时间流逝的感觉很抽象，有可能是几秒钟、几分钟，也可能是几个小时。这种折磨让他感到无比疲惫、全身瘫软，汗水把他的头发都打湿了，他的喉咙因尖叫而红肿刺痛。

“别指望任何怜悯。”戴立克 X 告诉他。

“我又不蠢。”博士一边哑着嗓子说，一边感觉自己真的很蠢。一部分原因是他的脑袋疼得晕晕乎乎的，另一部分原因是他无论如何也不明白事情为什么会变成这样——无能为力，无依无靠，无家可归，绑在墙上任由披着戴立克外衣的恶魔百般折磨。鲍曼就是那样描述它的，而他很难反驳。

“戴立克从不给予怜悯。”戴立克 X 说。

“对，”博士回答，“我知道。”

“怜悯就是软弱。”

“真的？你为何不试试呢？来吧，我不会告诉任何人。”博士绷紧身体，准备迎接下一轮折磨。他眼角的余光瞥到戴立克的吸盘臂悬在旋钮上。从现在开始，他随时可能再次坠入痛苦的深渊。“不过转念一想，我可能是在浪费口水。我重新考虑了一下面包黄油布丁的事，如果你想要秘方就拿去吧。”

“你不像其他人那样乞求怜悯。”

“什么其他人？”

“来自奥罗斯的难民。”

博士感觉浑身掠过一丝寒意，“那是你干的？”

“是我下令消灭那些难民的。”戴立克 X 承认道，**“奥罗斯上的居民逃跑了，还把他们的星球变为废墟。他们本可以成为奴隶，但他们却选择了死亡。”**

“不，他们没有。他们根本没有选择。你残忍地杀了奥罗斯船队上那么多人。”

“戴立克从不给予怜悯。”

“就此而言，按常理来说，难道你没意识到等这次袭击的消息传回地球，他们会发起反击？”博士突然停下来，整理了一下思绪，“啊，我知道了。这就是你的目的，对吗？”

“正如你所预测的那样，地球司令部将会作出回应，届时戴立克会做好准备。人类将遭到镇压。”

“听起来你们有些着急了。莫非那就是真实原因？在跟地球的战争中，你们正在走向颓势，所以想最后赌一把？”

他得到的回答很明确。戴立克 X 暴怒地转动旋钮，博士感觉到一阵阵撕裂神经的疼痛，他的脑袋仿佛要爆炸了。可是，当折磨结束时，博士却大笑起来。

“我说中了，对吗？”他呼吸急促、气若游丝地说，“你们要输了！这一整个计划：屠杀来自奥罗斯的难民，企图突破阿克海恩之门……这些都是你们想要摆脱颓势所做的最后挣扎。这不会成功的！”

他抬起头，大声喊出最后几个字。

“你低估了我们的力量。”戴立克 X 说，**“你并没有意识到阿克海恩之门对我们以及整个宇宙意味着什么。”**

“我在时间旅行这方面还算个专家，所以我能告诉你，这不会成功的。当你们一开始跟泰尔人[1]打仗输掉的时候，我就在现场——在斯卡罗上。而且直到最后一刻，我都在那里——你猜怎么着？你们又输了。”

“在这个宇宙输了，”戴立克 X 说，**“但在下一个宇宙不会。”**

博士又感觉到一丝恐惧，他的大脑在拼命转动，“要是你们觉得能利用阿克海恩之门改变整个宇宙，那你们就大错特错了。”

“我们会改变历史。”

“但你们需要巨大的能量去突破那道门。那只是时空中的细小裂缝，是一处绝境——一眨眼就会错过的地方。你们凭什么认为你们能得到自己想要的东西？”

戴立克 X 靠上前盯着博士，**“我会展示给你看的。”**

大脑探测器松开了博士的脑袋。等铁环也解锁后，博士在地上瘫了片刻，但很快他便动作僵硬地站起来，揉着自己的手腕。

---

1. 斯卡罗上的一个种族。

他有些站立不稳，但努力不表现出来。他把头发拨成平时的刺猬头，又清了清嗓子。“有什么发现吗？”他边问，边用指关节敲了敲大脑探测器。

“**大脑探测器证实你是时间领主‘博士’，但你与我们数据库中现有的任何外形描述都不相符。**”

“哦，真可惜。或许你们的数据还不是最新的。”

戴立克X转过来盯着他，“**最有可能的结论是，你来自未来。**”

“什么？”博士一脸惊恐，“别瞎说！不可能！”

“**以前发生过这种事。**”

博士抿起嘴唇，“啊，好吧，没错，既然你提起了……不过还是算了，我讨厌回答一个接一个的问题。你还是跟我说说，你们要拿阿克海恩之门干什么吧？这个话题更有意思。”

戴立克X把博士带出房间，又带入另一个嵌着一长排大窗户的狭长房间。里面一片漆黑，不过能看到橙色的光芒在窗外闪烁，就好像外面有个大火炉。博士走到窗边，发现外面是一个巨大的地下洞穴。蜿蜒曲折的岩浆将深色的岩壁切割开来。戴立克全都悬浮在充满硫黄的浓烟之中，监视着一百多名人类奴隶在酷热的条件下劳作。

“这是你的私人地狱景观？”戴立克X滑过来时，博士问了一句。

“**我们身处阿克海恩的核心边缘。**”戴立克X回答。在红光的照耀下，它黑金色的外壳好像沾满了鲜血。

“又让人类来替你们干脏活，嗯？你们真是一点没变。当然，我觉得要怪那些搋子。”

“解释。”

“我的意思是，”博士说，“偷盗行星核心真的能弥补你们没有手的遗憾吗？”

“如果戴立克想要完全征服宇宙，名正言顺地成为至高无上的存在，那我们就必须掌握时间旅行。”戴立克 X 说，**“时间领主未能达成这一目标，这是他们软弱与低等的证明。”**

“或者，这只是证明了他们并不想统治宇宙。”

“那他们将屈服于戴立克的力量。”

“别扯了。要是未来戴立克真的掌握了时间旅行，那你早该知道了。这一刻它们肯定会来。事实上，我们这会儿都会坐在老旧的时间旅行机器三型[1]里齐声高喊‘消灭’了。”

“不对。戴立克的时间旅行理论认为，这是一种错误的观点。掌握时间将以毁灭时间领主、控制时间漩涡为开端，并以彻底征服人类种族为终结！”戴立克 X 越来越兴奋，它的声音头一次高亢起来，**“通过阿克海恩之门，我们将找到进入时间漩涡的方法！”**

1. 戴沃斯创造的戴立克原型。

鲍曼被推进了一间灯火通明的实验室，里面全是戴立克。他气愤地转向身后的那个戴立克，“把你那脏兮兮的皮撅子拿远点儿！”

戴立克猛地推了一下鲍曼，他仰面朝天倒在地上，喘不过气来。

“服从戴立克！”那个金属轮廓居高临下地对他吼道。

“绝不！”

“站起来！”

“否则呢？”鲍曼躺在地上说，“别忘了，在你把这玩意儿大卸八块之前，你根本不会消灭我。”他敲了敲脑袋。

戴立克怨恨地盯着他看了一会儿，没有说话。

鲍曼冷笑一下，缓慢地站了起来，“我之所以站起来，并不是因为你让我这么做，而是因为这样显得我更高。”他挺起胸膛，低头凝视着戴立克的眼柄，“记住了，你见到的每一名人类都会居高临下地看着你。”

戴立克向前滑动，**“看扫描仪的屏幕。”**

鲍曼看向它指的设备。圆形屏幕上显示着阿克海恩的星球表面——一片封冻的废墟。画面放大，一艘沧桑的重型飞船映入眼帘。鲍曼一眼就认了出来。

“是‘旅人号’。”他大声说，一时间有些不知所措。那艘旧飞船让他的心跳加速。它安静而耐心地停在几个小时前着陆的地方，仿佛一直在等他。

“我们找到了你的太空船。”戴立克宣称。

鲍曼眨了眨眼。难道戴立克在等他说声“谢谢”？

就在此时，有一道阴影掠过“旅人号”。一艘戴立克飞船进入画面，正悬浮在那艘旧飞船的上空。鲍曼一下就认出了机型：侵略者级别的突击舰——小巧灵活，全副武装。他眼睁睁地看着导弹从飞船的底部射出，击中了“旅人号”的船体中部，它瞬间爆炸，变成了一个巨大的火球，碎片散落在周围方圆数百米的雪地上。

“目标已摧毁。”戴立克说。

那种感觉就像有人朝他的肚子打了一拳。鲍曼不得不设法克制住任由身体垮下的冲动。他抽动着深吸一口气，把身体挺得更直更高大，然后看向戴立克。

“你以为我从没见过飞船爆炸吗？！”他怒吼道，“我可是太空军少校乔恩·鲍曼，我这一辈子都在炸太空船和戴立克。你到底要什么时候才会明白？我不怕你！”

“走！”戴立克命令道。此时又有两个戴立克滑行过来，一起把鲍曼押向实验室的另一头。

房间内摆了好几张布置着临床精密仪器的实验台，全部由金属制成，看上去像停尸台一样。每张实验台上都躺着一名人类，他们仰面朝天，头发剃光，裸露在周围的戴立克面前。有几个戴立克把撬子和铁爪换成了外科手术工具。鲍曼感到一阵恶心。

“躺下。”

“你们要在这里把我的脑袋给切开？”

“躺下！服从！”戴立克用吸盘臂把鲍曼强行按在实验台上，他笨拙地向后仰，倒在了台面上。他猛地翻身，抬脚朝戴立克踹了上去，但它却纹丝不动。另外两个戴立克也加入进来，一同把拼命挣扎的鲍曼按回了实验台上，用金属环卡住他的手脚和脖子。

鲍曼拼命挣扎，却无济于事。他突然感觉到从心中涌出的强烈恐惧，他此生从未经历过这样的慌乱。他的胸口剧烈地起伏，全身也冒出了冷汗。他身下的金属台面又硬又冷。

“现在你对戴立克心怀恐惧了！”戴立克得意地说。

“准备开始大脑分离手术。”另一个戴立克说。

一个手术戴立克滑了过来，手柄末端的小型金属锯子嗡嗡作响。

“来吧！”鲍曼吼道，“动手吧！你也许也想过过瘾，因为不久以前我才对一个戴立克做过同样的事。”

戴立克没有理睬他，而是继续一丝不苟地做着准备工作。

“我不得不像挖牡蛎一样把它从壳里挖出来！”鲍曼嘶吼道，“你猜怎么着？它没有发出一点声音。我也不会！”

卡丁艾吉龇牙咧嘴地直起身体，做了个深呼吸。科拉尔的目光和他相遇，她又对那个女人和女孩点点头。他们显然已筋疲力尽，随时都可能倒下来。

“坚持住。”科拉尔小声说。

叶妮法抬起布满血丝的双眼，疲惫地看着她，“我们再也坚持不下去了。”

库莉哭了起来，“妈咪，我不想死！我不想死！”

“嘘！”科拉尔说，“你会引起它们注意的。”

叶妮法一脸怒容，“我们坚持不了多久了，没有谁能行。它们迟早会杀了我们，然后一切就都结束了。”她搂住女儿对她说：“对不起，库莉。我爱你。我会一直爱你。”库莉紧紧抱住她的母亲。

叶妮法回头看着卡丁艾吉和科拉尔，她的脸上带着悲伤的微笑，“谢谢你们帮助我们母女。”

卡丁艾吉咬紧了牙关，“不，是你帮了我。我差点站都站不起来，而你却一直鼓励我坚持下去。你们都帮了我。”

“还没完呢。”科拉尔说。

“已经完了。”卡丁艾吉看向她们身后，两个戴立克从一团硫黄的浓烟中显现出来。

“D 工作组！”其中一个戴立克尖叫道，它冷冰冰的话音里充满了威胁的语气，**“站上前来！”**

21

戴立克 X 把博士带到了阿克海恩内部的最深处。“你在带我游览基地，对吗？”他漫不经心地说。两名黑色圆顶的戴立克护卫紧紧跟在博士后面，始终把枪杆对准他。

戴立克 X 沿着与矿洞等长的金属通道向前滑行，一团团难闻的蒸汽飘在四周。博士跟在后面双手插兜，像度假的旅客一样东张西望。“这底下有点儿闷，”他说，“你得叫人修一修暖气。”

尽管表现得十分放松，博士的心中却极为担忧。作为一个戴立克，这位审讯官实在太冷淡了。它不接受任何逗弄，而且看起来始终比博士多算两步，每次都能猜透博士的意图。博士一直在等待时机扭转局面，然而时机始终没有到来——或者说，没有任何到来的征兆。

“我猜我们快接近核心了。”博士说，他试着蹦跶了两下，橡胶鞋底踩在金属地板上嘎吱作响，“我能感觉到磁场的波动，那玩意儿一定把你们整得够呛吧？”

“**我不受影响。**”戴立克 X 回答道。

“好吧。”博士说，“那挺好。”

他们来到另一个区域，又拐了个弯。博士停下脚步，过了一会儿，他悄悄发出一声赞叹的哨音。在他们面前有一台巨大的机器，把整条巨型隧道都填满了。它足足有五层楼那么高，宽度也同样惊人，两头都朝远处弯曲。

“这是粒子加速器。”博士凝视着那台高大的设备说。一些戴立克科学家悬浮在机器周围，监控并调试着复杂的系统。“一台超大的粒子加速器。”

“这是大型时间粒子加速对撞机。”戴立克 X 解释道，**“我们会让分离的时间粒子以超光速发生对撞，产生的修安粒子流将用于追踪阿克海恩之门的时间剖面。然后，我们将能够分离磁核，并进入时间漩涡。”**

“哦，很好。”博士点点头，“你们都学会让我听天书了。我喜欢。”

“它将会起作用。”

“啊，好吧，是的——有可能会。”博士伸长脖子，抬头审视着机器的最高处，“我只是说有可能。不过，这样做也极度危险。”

“不入虎穴焉得虎子。”

博士皱起眉，“你刚才说的是戴立克哲学吗？你变软弱了。”

“你承认我们的计划可行。”

博士无法分辨这是陈述句还是问句，但不管怎么说，这句话是对的。他若有所思地点点头，突然变得严肃起来，“对，它将会起作用。可是——这是个巨大的‘可是’——你们还需要某种控制元件来让它保持稳定。这样，它才能真正起作用。”

“控制元件？”

“对。”博士吸了吸鼻子，又挠了挠耳朵，移开了目光。

“比如塔迪斯。”

又来了。这是陈述句还是问句？博士无从得知。他做出一副苦相，在心里权衡了一番，耸了耸肩说：“对，我猜塔迪斯能够做到。”

“比如你的塔迪斯？”

他的脸上露出严肃的表情，他的眼神变得深邃，充满了愤怒。“不，”他毫不客气地说，“绝不！”

“你没有资格拒绝戴立克。”

这绝对是陈述句了，同时也是事实，但博士还是摇摇头，“不，不好意思。绝不。不就是不。我们没得谈。”

“博士，交出你的塔迪斯！”

“绝不！”

“戴立克将利用它的控制系统进入时间漩涡！”

“我说了，绝不！”

戴立克X凑了过来，它的声音继续保持平静，不急不躁，仿佛在陈述事实，**“你需要一番劝说。”**

“我不需要。”

“我们会强迫你交出来。”

“不可能。”

“让我们试试看吧。”戴立克X转向某个正好路过的戴立克，当黑金色的机器叫住它时，那个戴立克看上去差不多吓坏了，**“通知戴立克指挥官！”**

戴立克X把博士押进高速电梯，带回了监狱区。他走进热闹的监狱控制中心，戴立克X紧随其后，就好像是他的老友。这种感觉让博士全身都起了鸡皮疙瘩。

戴立克指挥官匆忙转动圆顶，面向审讯官，说：**“你的命令已执行下去！”**

戴立克X默不作声地向前滑行，然后转了过来，**“召集囚徒。”**博士感到很不安。

大门打开，有四个人拖着脚走进了控制中心。

“科拉尔！卡丁艾吉！”博士高兴地喊道，看到他们脸色糟糕，他又沉下脸来，“你们还好吗？”

卡丁艾吉走起路来跛得厉害。他驼着背，面容憔悴，身形看上去比之前小了一圈。科拉尔也弓着身体，红色的眼睛就像是蒙上了一层雾。他们身上的锁链还连着博士从未见过的一对母女，她们同样十分虚弱，女孩正在哭泣。

“嗨！”卡丁艾吉的微笑看起来很不自然，不过，博士能感觉到他是真的很高兴见到自己。至少一开始是这样。当他看了一圈灯火通明的控制中心，发现博士站在戴立克旁边时，他的表情就变了，“这是怎么回事？你不会是跟这些混蛋一伙儿了吧？”

“不是。”博士说完清了清嗓子，又用更坚定的语气说，“不，我没有跟它们一伙儿。”

“博士拒绝配合戴立克，”戴立克 X 说，**“我们将改变他的立场。”**

“不，”博士又一次说，“你不能这样做……”

“回答错误！”

戴立克指挥官说：**“将与博士一同来到阿克海恩的囚徒带上来。”**

两名戴立克护卫解开卡丁艾吉和科拉尔两个人与叶妮法母女之间的锁链，把他们押到房间中央。科拉尔犹豫地看着博士，似乎在考虑到底是袭击他还是袭击戴立克。

戴立克 X 滑了上去，镇定地凝视着博士，**“如果你不听从戴立克的指令，那么无辜的生命将会逝去。这是你的选择。”**

“我不会让你威胁我的。”博士坚定地说，“这样做的风险太大了！”

戴立克 X 盯着卡丁艾吉和科拉尔看了很久，然后说：**“这**

两名囚徒是战士，注定会战死沙场。因此，消灭他们没有价值。”

“你这是什么意思？”卡丁艾吉质问道。

戴立克 X 转身对博士说：“**这两名囚徒不会死。**”在漫长而冷漠的停顿之后，它又说：“**把那名人类母亲和她的后代押上来。**”

“不！”博士说。

“不！”卡丁艾吉喊道，“还是杀了我们吧！”

叶妮法和库莉被推了上来，看上去受到了惊吓。叶妮法紧紧搂着女儿，她的手指僵硬泛白。

“**三号阵型！**”戴立克指挥官命令道。

三名戴立克护卫——很明显是一支行刑小队——在那对母女面前站成一排。她们都把脸转开不去看戴立克，紧紧抱着彼此。所有人都屏住了呼吸，房间里只能听到库莉含糊不清的啜泣声。

“**消——**”戴立克指挥官说。

“够了！”博士大喊一声，他的声音在控制中心内回荡，“够了！够了，停下！我照做就是。”

戴立克 X 的眼柄缓缓转向他。

“我把我的塔迪斯给你。”博士小声说。

它的目镜闪烁着贪婪的光芒，冰冷的蓝光照亮了博士的脸。

“但我有个条件。”博士补充道。

“**条件无效。**”

“等等，这很重要。”博士深吸一口气，表情变得十分严肃，“我将把一切都给你。历史像一本书一样在你面前打开，任由你撕下内页，重新书写！”他的声音因愤怒而颤抖起来，“所以，你至少应该听我把话说完！”

“**继续说**。”

“我的塔迪斯需要六名船员才能正常运转。包括我在内，我还需要科拉尔、卡丁艾吉和太空军少校鲍曼。”

“**这儿只有四个人**。”戴立克 X 说。

博士指向叶妮法和库莉。她们用惊恐而难以置信的眼神仰望着他。博士并不敢给她们希望，但他不得不尝试一下，“加上她们就有六个人了。”

“**这两名人类不是船员**。”

“我知道，但她们可以接受培训，能帮上忙。我会教她们怎么做——”

“**否决**。”那两个字如同破碎的石头一般挤了出来，看来这件事没有商量的余地。“**你只能有四名船员**。”

“这样没法操作！”博士争辩道。

“**可以操作！她们不是你的船员，属于无关人员。因此，她们将遭到消灭！**”

博士冲上前去，“不！不，等等。她们必须活着。就算不能加入，她们也必须活下去。”

行刑小队已经朝叶妮法和库莉滑过去，再次做好了行刑的准备。博士跑过去挡在母女二人和戴立克之间，“要是你真想杀了她们，那就先杀了我。”

“**我可以让你残废。**”戴立克 X 警告道。

“你试试看！”

戴立克的目光都集中在博士身上，它们的枪杆不耐烦地晃动着。博士毫不畏缩地注视着那些无情的蓝色目镜。

“要是她们受到一点伤害，我就拒绝配合。你大可以让我残废，折磨我，再杀了我，但你永远也得不到塔迪斯。”

戴立克 X 似乎斟酌了一会儿，说：“**同意，但这是你提出的最后一个条件。除此之外不再有任何妥协。**”

“好，你赢了。”博士气馁地垂下肩膀，“但我确实需要太空军少校鲍曼。”

戴立克 X 转向戴立克指挥官，“**释放那名人类囚徒，把他带到这里来。**”

“**我服从！**”

戴立克 X 又转向博士，它的枪杆、吸盘臂和眼柄都如饥似渴地震颤着，“**告诉我塔迪斯的位置。**”

博士咬着牙说：“在胡若拉上。”

戴立克指挥官听到信息后兴奋地晃动起来，“**拉斯荣恒星系的 KX-9 小行星！**”

“你当然知道了。”博士无奈地咕哝道，“毕竟这一切就是从那里开始的。”

“我们立刻行动。”戴立克X说，**“让‘消灭者号’准备起航。”**

“还有一件事……”博士试探着说。

“不准再提条件！”

“这不是条件，只是句提醒。”博士有点不好意思地说，“其实，塔迪斯飞不了了。”

“解释！”

“它的空间动力装置彻底坏了。”博士平淡地说，“不然你觉得我为什么会把它留在胡若拉上？它能帮助你们实现目标，可你得先把时间转子给拆掉。”

“召集时间研究小组。”戴立克X命令道，**“让它们到胡若拉上完成必要的技术改动。”**

博士回到卡丁艾吉和科拉尔身边。“船员？”科拉尔皱着眉问。

“别提了。”博士咕哝道，然后转向那对母女，“对不起。”他说，“我尽力了……”

“我知道。”叶妮法露出淡淡的微笑，“谢谢你。”

博士点了点头。

大门打开，鲍曼走了进来。他身上遍布着可怕的淤青和伤口，但他的站姿依旧挺拔。两个戴立克跟在后面滑了进来，**“走！到房间中央待命！”**

鲍曼对它们冷笑一下，走到了科拉尔身边。她似乎又重新燃起了希望，双眼闪烁着强烈的光芒。

“鲍曼！”

“你可别想轻易摆脱我。”他说。

“你还好吧？”博士问道。

“还好。它们时不时对我发号施令，但还没动过刀。”鲍曼揶揄地看了博士一眼，“我猜这要怪你？”

“他跟戴立克做了个交易。”卡丁艾吉说，“跟通敌差不多。”

“别这样说，孩子。”鲍曼一手搭在卡丁艾吉的肩膀上，“你不是还在喘气吗？”

“是，可是又能喘多久？”

“**出发前往着陆台！**”戴立克 X 大声地打断了他们的对话。

戴立克指挥官和戴立克护卫开始将博士和他的朋友们赶向出口，“**走！**”

博士、鲍曼、科拉尔和卡丁艾吉迈着沉重的步伐走了出去。戴立克 X 看着他们离开，随后也跟了上去。它把头转向仍在看守囚徒的戴立克精锐护卫，“**将她们带回矿洞。**”

“**我们服从！**”戴立克说完就马上转向叶妮法和库莉。

等戴立克 X 的身影消失在门外，叶妮法终于失声痛哭起来。

22

“消灭者号”的内部是典型的戴立克风格：光线阴暗，功能实用，嵌满了控制立柱和仪器装置，遍布着无数个戴立克。它们忙碌地在形似蜂窝状的飞船内部滑进滑出、飞来飞去，让人很难不把这里联想成巨大的巢穴。

博士、鲍曼、卡丁艾吉和科拉尔乘坐反重力圆盘从阿克海恩来到了“消灭者号”上。大圆盘上装有栏杆，以便转移囚徒、设备，甚至因受损而无法飞行的戴立克。他们走进巨型飞船边缘的对接口，穿过几层平台，直至飞船最核心的中央指挥室。

“这里臭烘烘的。”鲍曼低声说。

科拉尔附和道：“有股金属和仇恨的臭味儿。”自从他们重聚以来，她就寸步不离地跟着他。

博士倒是一副赞叹的神情。“这样想吧，”他说，“没几名人类能登上戴立克的飞船，更别说是这么大的飞船了。”

“它们还把我们直接带到了最核心的地方。”卡丁艾吉沮丧地说，“我猜它们一定特别喜欢我们。”

两个戴立克把他们押到圆形驾驶舱一侧的一小块区域内，随后，戴立克X的先遣队——永远跟随左右的戴立克强袭护卫在凸起的指挥圆台两侧站定。台面中央的部分甲板旋开，戴立克审讯官从里面缓缓升起，露出了眼熟的黑金色外壳。

“将目的地定为胡若拉！”戴立克X命令道，**“以最大速度行驶！”**

“我们服从！”位于舰桥的戴立克一边齐声说，一边把身体转向各自的驾驶席。站在中央的高台上，戴立克X只需转动头部就可以轻松地看到所有仪器的情况。

鲍曼仔细地观察着控制面板边上的戴立克，但博士摇了摇头。“用不着去记它们的操作方法。”他小声地警告道，“控制装置只能由戴立克激活——每个戴立克都拥有一个与飞船电脑系统相连的代码信号，凭那个才能登进去。”

鲍曼扬起一边眉毛，“还有什么是你不知道的吗？”

“有。”博士压低声音说，“我不知道该如何阻止它们。”

“我觉得我们做不到。”

“你之前不也觉得我们逃不出阿克海恩吗？”博士提醒道，“可我们还是自由了。”

“我们在一艘戴立克战舰上。这不是真正的自由。”

“至少这是个开端。”

“消灭者号”巨大的引擎发动起来，低沉的隆隆声传遍了整个船体。在主屏幕上，阿克海恩残缺的球体离得越来越远。与此同时，主控室内持续不断的低沉震响提高了声调。

随后，飞船火力全开，猛地向前冲去，把阿克海恩远远地甩在后面。行星成了远处一个闪烁的白点。

“这加速真带劲儿！”卡丁艾吉惊叹道。

“对，一点儿感觉都没有。”鲍曼赞同道。连他也抑制不住赞赏的口吻。

“一流的惯性抑制场。”博士解释道，“不管你们如何看待戴立克，它们都是天才的科学家和工程师。”

“这一定是舰队的骄傲。”

“对。”博士若有所思地看向戴立克 X，“一定是的。”

“消灭者号”丝毫不遵从太空飞行中的普遍自然规律。巨型离子推进器将飞船周围的空间扭曲到了能暂时凝固时间的地步。博士告诉其他人，虽然这不是时间旅行，但确实意味着飞船的行驶速度极快。这让巅峰时期的“旅人号”相形见绌。

行程耗时不到一个小时。当飞船在胡若拉的恒星系边缘以最大速度冲出时，飞船上的人依旧感觉不到任何变化。飞船周围的空间也变回了寻常的形态。即使减速行驶，飞船也只花了二十分钟便完成了剩下的航行。

胡若拉在显示屏上迅速变大，就像是一团干掉的泥球。“消灭者号”和护卫舰穿过稀薄的大气层，掠过荒凉的地表，最终来到了陈旧的北极星站。

由于飞船过于庞大，无法降落在地面上，所以它一直悬浮在锈蚀的建筑物空壳和旧精炼厂的上空，宛如一只准备拍死蜘蛛的巨型金属大手。一队队戴立克从飞船里拥出来，队形严整地飞向荒无人烟的设施。博士和同伴们又一次乘坐反重力圆盘，由戴立克指挥官带往目的地。戴立克 X 和它的精锐护卫在片刻之后也到达了。

“你的塔迪斯在哪里？”戴立克 X 问道。

“我不确定。”博士缓缓转动身体，观察着周围的建筑，“这些巷子看起来都差不多。”

戴立克 X 转向手下，**“通知舰队扫描这一片区域。”**

博士轻笑几声，“塔迪斯可没那么容易找到。”他说，“它被设计成能够融入周围的环境，如同黑夜里的私语一般来去无踪。”

“已找到塔迪斯。”戴立克指挥官收到了“消灭者号”传来的回复信号，**“坐标 12-0-9-γ。”**

“哎呀。”博士说。

“行动！”

戴立克将囚徒押往城镇。它们毫不费劲地滑过起伏不平的地面，在身后留下一小串由反重力波激起的烟尘。

“我从来没有喜欢过这个鬼地方。”卡丁艾吉咕哝道，踹着脚下的尘土，“鸟不拉屎的地方，闻起来也无比荒凉。”

“斯黛拉说这里充满了死亡的气息。”鲍曼回忆道，“现在我明白她的意思了。”

“我们还没死呢。”博士提醒他们。

“不准说话！”旁边的戴立克命令道。

“你应该有计划吧？”过了一会儿，鲍曼小声说。

“谁？我吗？”博士摇摇头，“没有。你有吗？”

“一点头绪都没有。”

“那至少我们想法一致。”

他们很快就来到塔迪斯所在的地方。老旧的警亭正在巷子的尽头等着他们，依旧停在几天前现形的位置。

“就是它吗？”卡丁艾吉大失所望地说，“戴立克大老远跑来就是为了那个东西？”

“它也许看起来并不起眼，不过……唉，算了。”博士擦掉门上的灰尘，难过地看着他的飞船，“你说他们懂什么？”

戴立克X滑了过来，**“这台塔迪斯将为阿克海恩之门提供操作系统！召集时间研究小组！”**

片刻之后，几个戴立克科学家从空中降落下来，朝警亭靠近。它们的目镜都发出渴望的光芒。**“打开它！”**组长命令道。

“说声‘请’。”博士说，“哦，抱歉。我忘了在戴立克的词库里没有这个词，也没有‘谢谢’‘开玩笑’和‘牛奶冻’。你们一定过得特别惨。”

“**不要浪费时间**。”戴立克 X 威胁道，“**打开塔迪斯**。”

“知道了，知道了。”博士把手伸进口袋掏钥匙，然后又换了个口袋。他匆忙地找遍了所有的口袋，看起来越来越焦虑。“我找不到了！”他说，“塔迪斯的钥匙——不见了……”

“**把门炸开**。”戴立克指挥官命令道。

“**否决**！”戴立克 X 撤销了命令，“**塔迪斯由时间力场所保护，戴立克的武器无法打破屏障**。**它必须用正确的钥匙才能打开**！”

博士还在反复翻找自己的口袋，把掏出来的七零八碎的小东西递给鲍曼和卡丁艾吉，以便减少杂乱的程度。“我不明白……”他抱怨道，“我怎么能把塔迪斯的钥匙给弄丢了？我从没丢过它！”

“**快点儿**！”戴立克 X 催促道，“**必须打开塔迪斯**！”

“没那么简单。”博士坚持道，“这是三重屏障锁，里面有存在于四个维度的二十七种不同的换向齿轮。如果钥匙不见了，连我都要被彻底关在门外，更别说你了。”

接下来的这一幕十分滑稽。鲍曼、卡丁艾吉、科拉尔和周围所有的戴立克全都看着博士最后一次翻找口袋。

“没找到。”他最终说道，沮丧地跌坐在地。

戴立克 X 抖动起来，“**你上次看见钥匙是在什么地方**？”

“我不知道。”突然，博士直起身体喊道，“等等！我知道了！就在这里——在胡若拉上。我曾困在底下的房间里，钥匙一定掉在那里了！”

“你在说谎。”戴立克 X 说。

“不，是真的！”博士看着鲍曼和卡丁艾吉，“你们还记得吗？自动操作的陷阱把我锁在里面了，你们不得不打开门上的锁。”

“他说的是真的。”卡丁艾吉说。

博士一脸真诚地轮番看着周围的戴立克。“有一支戴立克侦察小队还把我们赶出了这颗星球。”他解释道。

“这是真的。”科拉尔说，“我们不得不逃命。”

戴立克指挥官转向戴立克 X，**“有一支戴立克侦察小队报告说，近期在这里发现了几名人类并追赶过他们。它们与这些人类的说法相吻合。”**

“那就对了。”博士点点头，“我们差一点儿没跑掉，所以我离开前根本没时间好好检查口袋。”

“戴立克杀死了我们中的一名船员，”鲍曼阴郁地补充道，“当时我们全都在关注她的情况。”

“现在钥匙在哪里？”戴立克 X 问。

“一定还在那个房间里。”博士谨慎地说，“你等着，我去把它拿回来。”

博士正要走，戴立克 X 的吸盘臂却拦住了他，**“站住！你**

没有得到允许可以离开。”

“好吧，那不如我们一块儿去？”

“我来带路。”

“当然，你先请。走那边。”博士指了个方向，“人越多越好——更有机会找到钥匙。”

戴立克X在前面带路，戴立克指挥官和戴立克精锐护卫跟了上去。博士、鲍曼、科拉尔和卡丁艾吉与几名戴立克强袭护卫殿后。他们陆续进入储藏着北极星站电脑中枢的基地。博士回忆起他第一次踏足这个地方的情形：当时他正在调查休眠的电脑系统，而好奇心让他陷入了麻烦。

金属楼梯井直通地底深处。博士转向戴立克X，露出夹杂着歉意和略微尴尬的表情，说：“抱歉，有台阶。”

“升空。”戴立克X命令道。它和其他的戴立克微微离开地面，跟在博士和同伴们的后面飘下台阶。在如此狭窄的空间里移动很不方便，但戴立克却轻而易举地完成了下降过程。两个戴立克冒险进入楼梯井中间的空隙，一边缓缓下降，一边时刻监视着囚徒。

卡丁艾吉一瘸一拐地往下走，其中一个戴立克全神贯注地看着他。“看什么看?！”卡丁艾吉说。他停下来歇息，弯了弯肿胀的膝盖，露出痛苦的表情。其他的戴立克从旁边飞过时蹭到几根粗重的铁链，传出了一串叮当声。那些铁链一头连着墙壁，另一头还连着陈旧的机器，它们就这样一同遭到了抛弃。

“行动！”那个戴立克命令道。

“等我休息够了就走。”卡丁艾吉说，“你们开枪打了我，我的腿到现在还疼着呢。”他伸出手拽着铁链，让它承受住自己的体重，胳膊上的二头肌都鼓了起来。他回头看着那个戴立克，后者依旧一动不动地悬浮在一旁。

“等一下！”卡丁艾吉小声说。他的语气显得很不寻常，引得所有人都停下来看着他。博士、鲍曼和科拉尔已经来到设有好几道狭小的维护舱口的平台上。卡丁艾吉往下扫了一眼他的同伴，露出了微笑。

“卡丁艾吉，怎么了？”鲍曼问，“你拖慢大家的速度了。”

“我认识这家伙。”卡丁艾吉指着那个戴立克说，“我认出了它那个小小的眼柄标签。”

戴立克没有说话。

“是你杀了我的兄弟史克鲁姆。”卡丁艾吉严肃地小声说，“你无情地杀害了他，就为了杀鸡儆猴。”

戴立克还是没有说话。

“史克鲁姆是我最好的朋友，”卡丁艾吉说，“在此之前我从没交过朋友。”

“喂，孩子……”鲍曼听上去有点担心，因为只有他能够察觉到卡丁艾吉冷酷的眼神。

卡丁艾吉抬起一只手让鲍曼别说话。他的注意力依旧完全集中在那个戴立克身上。“我做过保证，”他说，“我说过我会让你付出代价。那可不是开玩笑。”

“继续行动。”戴立克命令道，挥舞着枪杆让卡丁艾吉继续往下走。

卡丁艾吉一直用铁链支撑着自己的体重。这时，他猛地行动起来，依靠爆发力把铁链从墙上拽了下来。他把它缠到戴立克的圆顶上，使劲一扯将其拉紧，迫使眼柄朝上抵着外壳。戴立克尖叫一声向后退去，略微失去了平衡。

鲍曼想上去帮忙，但博士用力地拉住了他的胳膊，说：“别去！”

“卡丁艾吉！”

“住手！”楼梯井上的戴立克也开始转身，但没多少移动的空间。

卡丁艾吉咧着嘴露出恶狠狠的微笑，一脚踹向铁链另一头连着的机器。随着一声可怕的轰响，机器翻过栏杆，坠入了黑暗之中。铁链猛地绷紧，把戴立克拽得失去平衡，圆顶朝下掉了下去。一闪一闪的蓝光一路照亮了墙壁。那个戴立克又撞到另一个升上来想要帮忙的戴立克，两副外壳一起翻滚着坠入了地底的阴影里。

“消灭！”戴立克 X 大喊一声，向卡丁艾吉射击。死亡射线穿透他的全身，照得他的骨架发出光芒。卡丁艾吉仰着头，咬紧牙关不让自己叫出来，把眼睛瞪得溜圆。随后，他伸出双手抓住离他最近的戴立克，死亡射线立刻也包裹了那个戴立克，只听见从内部传出受到惊吓的刺耳喊声。

死亡射线立即停了下来。那个戴立克的反重力装置已经失灵，它砰的一声落在台阶上，像撞柱游戏一样往下滚，差点把其他的戴立克也撞倒。它们不得不提升高度，躲开倒下的同伴。那个戴立克顺着台阶翻滚着，还一路拖着卡丁艾吉的尸体。

"走这边！"博士大喊一声，抓着鲍曼和科拉尔穿过平台，跑向维护管道，他踹开舱门，将他们推了进去，"快走！快！"

他们跌跌撞撞地进入一条狭窄的管道，里面伸手不见五指，到处都是灰尘。他们奔跑着穿过一张张黏稠的蛛网，驱逐着巴掌大的蜘蛛。

鲍曼撞到一堵墙上，咒骂了一声。科拉尔把他拽开，推着他左转来到另一条狭窄的管道。鲍曼的肩膀在毛糙的墙壁上不断地碰撞摩擦，他的双腿总是踢到水管和电管。最后，他们连滚带爬地跌下台阶，来到小小的长方形隔间里。博士打开小手电筒，确认大家是否安然无恙。

"这是什么鬼——"鲍曼刚一开口就呛了一嘴的灰。

"维护室。"博士说着，用小手电筒的光扫视周围，这里有遭人遗弃的旧工具，以及布满蛛网的分线盒，"以前是依靠机器人来维护这个地方。我们很走运，因为入口太窄了，戴立克进不来。"

“可是，卡丁艾吉……”科拉尔说，“他为什么要那样做？”

“他看见我们当时就站在舱门旁边，”鲍曼说，“所以他分散了戴立克的注意，好让我们逃跑。”

“可他白白丢了性命。”科拉尔呆呆地说。

“那我们就别辜负了他。”博士说。

鲍曼谨慎地看着他，“你有计划，对吗？”

博士咧嘴一笑，“哦，是的！我有个计划！”

鲍曼和科拉尔都没能笑出来，因为他们依旧为卡丁艾吉的牺牲倍感震惊。不过，他们的心里确实萌生了一丝希望。

“只有一个小问题，”博士警告道，“这个计划的前提是我们都得活着。”

“我们现在困在地底下，还有一群愤怒的戴立克跟在后面。”鲍曼提醒他。

博士朝他眨了眨眼，“我可没说这很容易。”

23

那个死去的戴立克拖着人类尸体滚下了楼梯井，可戴立克X连看都没看它一眼。戴立克不会为同伴的离去而悲伤，也不会浪费时间来反省错误，戴立克审讯官更是如此。

不过，它现在却怒火中烧，而愤怒是每个戴立克都熟悉的感觉。

“博士已逃脱！”戴立克X大声说，**“启动紧急追踪扫描！”**

两个戴立克靠近维护舱门。其中一个是戴立克强袭护卫，它很快着手在旁边的墙壁上切割出比舱门大一些的截面。另一个则伸长吸盘臂，扫描着昏暗的管道深处。

戴立克指挥官降到了戴立克X身边，**“时间研究小组依旧无法突破塔迪斯。”**

“我们需要博士！必须找到他！”

扫描维护管道的戴立克转过头来，**“基地上层结构出现人类生命体。”**它汇报道，**“他们正沿着维护管道移动。”**

“召集所有搜查小队！”戴立克X命令道，**“搜索！定位！**

消灭！”

博士、鲍曼和科拉尔在管道里行走。他们想要加快速度，但在黑暗中很难做到。这里的空间狭窄得让人心慌，满是油污的锐角和一捆捆电线不断剐蹭着他们的衣服和皮肤。

“你的计划是什么？”鲍曼问了一句。博士和科拉尔踉踉跄跄地在前面走着，他则跟在最后面。除了跳动的手电筒光，他什么也看不清。

“我把戴立克引到胡若拉上来是有原因的。”博士答道，他的声音在管道里一直回响，“不是因为塔迪斯——那只是引诱它们过来的借口。戴立克 X 太渴望成功了，只要给它一个足够好的理由，我知道它一定会来。别忘了，这里是加油站，地底下埋着很多大型反应堆。说不定那里面还残留着不少燃油——毕竟油仓不可能完全清空。”

“燃油极不稳定。”鲍曼提醒道，“我们实际上正坐在巨型炸弹上。”

“一枚超巨型炸弹。”博士赞同道，“如果我们能想办法将它引爆，爆炸不仅会毁灭戴立克 X 和它的所有手下，而且会炸掉‘消灭者号’和护卫舰。”

“那会让银河系这片扇区的戴立克军队遭受很大的打击。”鲍曼醒悟道。

“为胡若拉喝彩！”博士说。

“但这无疑是自杀行动。”科拉尔说，“我们也无法躲过爆炸的冲击。”

博士没有直接回答，而是突然大喊：“啊哈！我们到啦……”他走进更为宽敞的区域，一些低放射性的含磷金属条散发着微弱的光芒。这是个小房间，他们终于能完全直起身体了。鲍曼伸展四肢，关节咔咔作响，但他小心地避免与科拉尔目光接触。

“如果必须要牺牲我们的性命来打败戴立克，”她说，“那就这么做吧。我们要为斯黛拉、史克鲁姆和卡丁艾吉的死复仇。”

“但愿事情不会发展到那一步。”博士说着掏出音速起子，“不过第一步，我们要找到油仓控制装置。那东西一定就在附近。”

博士开始用音速起子收集信号，搜寻着控制系统，鲍曼则检查起几台堆在墙边的设备。设备又旧又脏，早以被人遗忘，但有部分还有电。这里还散落着一些工具，大概是原来建造基地的人留下来的。

“你们听！”科拉尔突然压低了声音。她抬手示意他们保持安静，博士关掉了音速起子。他们都听到了在金属管道里回荡的戴立克的声音。虽然距离很远，但明显在靠近。他们还听到刺耳的命令：**“搜索！定位！消灭！”**

博士神情严肃，“我们得抵抗，不能让它们阻止我们。”

“可我们没有枪。”科拉尔说，“要拿什么来战斗？”

“枪不是唯一的武器。”鲍曼说着对博士露出一丝微笑。他抱起一个重型设备，吹掉控制组件上厚厚的灰尘。从外形上看，它像是一把双手操作的大电钻。“这是离子钻机，通过聚焦的离子束推动钻头穿透钢板。有些简陋，但是好用。”

博士在废弃的设备中快速翻找起来，拿起一个看起来像是钢轮毂盖的东西。“这是磁控冷凝器。”他把金属圆盘扔给鲍曼，对方轻易便接住了，“应该有用。”

这时，从连接小房间的通道里传来一声巨响，部分墙面突然发出刺眼的红光。**“找到人类！”**尖锐的声音从另一侧传了出来，**“十雷尔后穿透墙壁！”**

“快走！”博士带头跑出小房间。

出口通道比维护管道宽敞许多，戴立克可以毫无阻碍地追上来。伴随着墙壁倒塌的声音，两名戴立克强袭护卫穿过了烧得通红的缺口，在扫描周边区域后追了上来，**“搜索！定位！”**

博士冲出通道，来到金属塔架上，科拉尔和鲍曼一头撞了上去。三个人把头探出锈蚀的栏杆边缘，下面是巨大的深坑，除了一片黑暗，什么也看不见。

“空油仓。”博士的声音在黑暗中大声回荡，“没用。走吧！”

他们朝左边跑，沿着巨型油仓弯曲的内壁一路前行。与此同时，戴立克在他们身后出现了。**“建立视觉接触。”**头一个戴立克汇报道。

“站住！”第二个戴立克喊道，**“你们是戴立克之囚！投降！否则你们将遭到消灭！”**

“快点儿！”博士边跑边说，“快跑！”

戴立克全都跟了上去，想要移动到便于射击的位置。有一个戴立克从平台上升起，一边朝他们飞去，一边高喊着命令。

鲍曼转过头，露出决绝的表情。他闷哼一声，把磁控冷凝器甩向空中的戴立克。圆盘划过空气，击中了戴立克的外壳，发出一声令人满意的巨响。戴立克垂下眼柄，正准备找出吸附在自己身上的东西，冷凝器就激活了。圆盘发出一阵低沉的嘎嘎声。

“受到攻击！”戴立克尖叫道，**“局部磁场冻结！”**

戴立克突然发生内爆，就像是有一只隐形的巨手把它给捏碎了一样。它的外壳遭到用力挤压，迅速发生形变，里面的生物都被挤了出来。它喷射进黑暗之中，化作尖叫的黏液喷泉。

第二个戴立克眼睁睁地看着同伴的残渣坠落下去，它转动眼柄，又重新看向逃犯，**“站住，否则你们将遭到消灭！”**

鲍曼已经跟在科拉尔身后跑了起来，博士则举着音速起子在前面飞奔。起子的顶端发出耀眼的蓝光，陈旧的铰链开始转动。在他们面前的大门自动打开，三个人扑了进去。博士身体着地，翻身坐起，将音速起子对准舱门，动作一气呵成。大门重新关闭，正好把戴立克挡在门外。

“快走！”博士跑下一段楼梯，科拉尔紧随其后。

鲍曼也跟了上去。由于手上抱着离子钻机，他的速度有点慢。他的肩膀和脖子留下闪着亮光的汗水，上面的肌肉像电缆一样鼓了起来，可他却咧着嘴露出灿烂的笑容。下了三层楼后，他们来到一条宽敞的弧形通道里。两边的墙上安着好几道门。

博士放慢脚步，用音速起子扫描起来，“不远了……应该就在这后面。”

他打开其中一道门，三个人走了进去。

“这个油仓还能用。”博士说，“至少它还装着燃油。可以通过那边的面板进入控制系统。”

他带头穿过宽阔的塔架，来到悬在像是无底深渊的油仓上方的圆形中央平台。一阵阵刺鼻的气味从底下飘上来。

“戴立克正在逼近。”科拉尔说，“它们会追踪我们的位置找到这里，然后把我们包围。”

“对，”博士说，“我知道。”

“别管它。”鲍曼命令道，“开工吧。”

博士在控制装置旁边忙碌起来。他打开接入面板，搜寻着里面的电路系统。“戴立克随时都可能出现。”他皱着眉头飞快地说道，专注于手头上的工作，“我得绕过超控系统，建立燃油控制字段的反馈循环。这要花……哦，可能有点儿久……所以我希望你们能帮我争取一点点时间……”

“知道了。”鲍曼说完拉起科拉尔的手，“跟我来。”

戴立克在基地内掘地三尺，寻找着博士和他的同伴们。戴立克指挥官向好几个搜查小队下达了命令，让它们分散到加油站的各个角落。

戴立克 X 悬浮在空油仓的正中央，一边缓缓转动眼柄查看四周的情况，一边进行分析、计算和推断。它用 X 射线、红外线、热成像、光谱漫射等模式扫描建筑构架，又将得到的数据与吸盘臂传感装置掌握的数据进行对比，然后从“消灭者号”下载整座基地的平面图进行比较。

不到一分钟后，戴立克 X 穿过油仓去检查出入口。某种音速校准密码把大门锁上了。戴立克 X 伸长吸盘臂，快速更换数百万个可能的密码组合，不到一秒就破解了门锁的机关。大门缓缓打开。

戴立克 X 知道博士会在哪里，也知道他想干什么。它意识到博士把自己骗到了这里，还准备消灭它和“消灭者号”。这只是博士孤注一掷的策略，注定要失败。

可是，在那副黑金色的外壳里，难以抑制的深深的仇恨在燃烧。戴立克 X 下定决心要阻止博士，不惜一切代价毁灭他。

而且，它会单独完成这件事。

塔架的结构十分结实，金属格栅地板盖在铺满电缆和管道的壕沟上。鲍曼掀开其中一块地板，拉着科拉尔跳进下面狭窄的通道。他们猫低身体，鲍曼把地板盖回了原位。底下很挤，也很不舒服，但他们能清楚地看到地板上面的情况。

“戴立克一定会经过这边。”鲍曼耳语道，“我们待在这儿，等第一个戴立克从头顶经过后发动攻击。你先上，让它丧失战斗力，剩下的就交给我。”

科拉尔张开嘴正打算提问，刺耳的尖锐声音突然回荡在油仓里。

“博士！”那个冷冰冰的声音充斥在空气中。

博士从忙碌中抬起头，他的嘴里还叼着音速起子。当戴立克X顺着塔架滑过来时，他扬起眉毛朝它挥了挥手。

“离开油仓控制装置。”戴立克X命令道。

博士取下嘴里的起子，“抱歉！我现在有点儿忙，要不你晚点儿再过来？”

“离开！否则你将遭到消灭！”

“要是我是你的话，我不会开枪的。”博士警告道，“这里到处都是燃油蒸气，火花会引起爆炸的。”

“离开！”

博士背对着戴立克X，用音速起子飞快地摆弄控制装置。“我马上就过去。”他回过头说，“你稍等一会儿。”

“博士！”

博士不耐烦地叹了一大口气，转过来说："你到底有什么事？我跟你说了我很忙。"他晃了晃手里的音速起子，以表明自己忙不过来。

"你有三秒钟的时间离开控制装置，否则我就消灭你！"

"别傻了。如果消灭我，你就永远也得不到塔迪斯了。"

"我们将另想办法进入时间漩涡！"

"我怀疑你们做不到。"

"那我们就想办法突破塔迪斯的防御系统。戴立克从未被打败！"

博士睁大了眼睛，"你想打赌吗？"

戴立克 X 下方的地板悄悄滑开，科拉尔亮着爪子跳了出来。她一爪刺进戴立克 X 的基座，撕开反重力装置的塑料和金属，溅起一大片火花。一阵能量波动过后，戴立克 X 抖动起来。它明显失去了反重力能量，开始逐渐下降。

"移动能力受损！"戴立克 X 尖叫着重重落在了地上，它惊慌失措地晃动枪杆和吸盘臂，想要搜寻攻击自己的人，**"我动不了了！"**

鲍曼举着离子钻机出现在戴立克 X 身后，把钻头抵在它的颈部格栅上。戴立克 X 转动圆顶，用目镜盯着鲍曼。

"人类攻击者！"它的声音拔高了一些。戴立克 X 转动肩部组件，把枪杆对准了他。

鲍曼久久凝视着戴立克X。他把身体凑上去，让自己的脸占据戴立克的所有视线。然后，他非常小心地说了一个词：“消灭。”

紧接着，鲍曼按下开关。

离子钻机自动开火，密集的离子束射进了戴立克X的颈部。

“警报！警报！外壳已穿透！”戴立克X高喊道，随着每一次开火而抖动，**“防护力场失效！”**

烟雾和火焰从戴立克颈部格栅里冒了出来，里面的生物猛地发出尖厉的哀号。鲍曼换了个位置，把钻头对准另一侧，用力按下开关。更多的离子束射进戴立克X体内，使整个外壳都震颤起来。戴立克X的叫喊声盖过了火焰燃烧的声音，鲍曼发现火苗已把双手灼伤，才不得不往后退开。

离子束已经打光了，全都射进了戴立克X的颈部。不仅扰乱了电子控制设备，还打穿了里面的生物。鲍曼发出厌恶的低吼，抬脚将熊熊燃烧的戴立克X踹下塔架。它翻身坠落，一路留下一串烟雾和令人毛骨悚然的尖叫，最终消失在黑暗之中。

“前戴立克[1]。”鲍曼咕哝了一句，把离子钻机也扔了下去。他筋疲力尽地跪倒在地，腿上鲜血直流。

科拉尔爬过来扶起他。“我们还没做完呢。”她对鲍曼说，“来吧……”

---

1. 原文为“Ex-Dalek”。“Ex”与“X”发音相同，作者在此玩了个文字游戏。

“干得好！”博士对走过来的两个人说，“而且很聪明。戴立克的基座并没有防护力场，因为底下装了反重力装置。一旦破坏了那个东西，剩下的防护力场就会短路。非常好！”

“从没想过是我干掉了戴立克 X。”鲍曼咕哝道。

“现在我们还有机会干掉‘消灭者号’和这里所有的戴立克。我快搞定了。”博士对布线做最后一点儿调整，砰的一声关上了接入面板，他关掉音速起子，“好啦。”

“这样行吗？”鲍曼问，“博士，‘消灭者号’可是一艘大飞船。”

“你在恒星系的另一端都能看见爆炸。”博士保证道，“相信我，爆炸足够大。”他顿了顿，“不过，还有个问题。”

科拉尔注意到了博士严肃的语气，“怎么了？”

“引爆的前提是安全超控系统停止运行。我没法远程操作，也没法在上面安装定时器。”他严肃地看着他们，“当油仓里的燃油达到临界值时，得有人留下来拉下手动超控杆。”他拍了拍控制面板上的金属杆，“这是万无一失的措施。”

“我们早就知道这是自杀任务。”鲍曼说。

科拉尔附和道：“还在等什么呢？开始吧。”

博士还在犹豫，“我估计塔迪斯就停在这上面……”博士指着上空说，“还有……其实我们可以直接逃跑。”

“你去吧。”鲍曼说，“我来握住手动超控杆，你跟科拉尔离开这里。”

“什么？不！”科拉尔惊恐地说。

“反正我已经负伤了。”鲍曼说，“你快跟博士走，别管我。”

“不！”科拉尔极不情愿地争论道，“我不会离开你！博士可以——”

“科拉尔，他已经冒着生命危险救了我一次。更何况，只有他知道怎么开他的飞船，至少这样你跟他都能活下来。好了，快走吧……”

科拉尔丝毫听不进去，“不！你走！我留下来拉住它！鲍曼，我不会让你死的！我爱你！”

最后那三个字脱口而出的瞬间，鲍曼惊得张大了嘴，但马上又合了起来。博士焦急地轮番看着他俩。

鲍曼一把抓住科拉尔的肩膀，用力吻了她。“我也爱你，”他低声说，“所以我绝不可能让你留下来。那样有什么意义？”

“呃，抱歉打扰一下……”博士说。

“不！”科拉尔哽咽道。她用双手捧住鲍曼的脸，带着恳求的眼神抬头看他，“不，我不能让你离开我，不是现在……”

“我们没时间了……”博士提醒道。

鲍曼用大拇指擦掉科拉尔脸上的泪水，“别哭了，你这样会把博士也弄哭的——你知道他是个软骨头。”

“啥？”博士皱起眉。

“你瞧，他已经哭了……”

科拉尔转头看向博士，鲍曼立即将手换了个位置。他牢牢抓住她的脖子和肩膀，对准上面的神经接头用力一捏。科拉尔突然僵住，失去了知觉。鲍曼接住她瘫软的身体，把她抱起来递给博士，“给——带她走。”

“鲍曼……”

“至少这样她能活下去！”鲍曼的声音因激动而变得沙哑无比，“你也是。快走！”

博士接过科拉尔，“我会照顾好她的。”

“你最好如此。”

从油仓另一端传来巨响，一队戴立克在门口现身。博士转过身犹豫了片刻，又回头看着鲍曼。

“尽可能帮我们多争取些时间。”他说。

鲍曼握住控制杆，“快走吧！”

博士匆匆穿过塔架，开始上楼梯。他抱着科拉尔很难行动，可他下定决心要逃出这里。无论如何，他欠乔恩·鲍曼这两条命。科拉尔逐渐恢复了意识，在博士奋力攀爬时发出喃喃自语。

当上到楼梯顶时，博士失足跌倒在地。科拉尔突然醒过来，意识到发生了什么事。他死死抓着科拉尔，可她开始拼命挣扎。

“放开我！让我回去找他！”她大喊道。

“不！科拉尔！你得离开这里！我们只有几秒钟的时间了！”

“鲍曼！”科拉尔尖叫道。

博士拉住她，“太迟了！我们没时间了！他希望你活下去，这是你最起码能为他做的事！”

他拖拽着科拉尔走过通道，可是她每走一步都在挣扎。最后，他转身抓住她的肩膀，用力摇晃她的身体，“别挣扎了！想想鲍曼想要的是什么！要是你现在回去，那我们都得死。这就是你想要的？你觉得这就是他想要的？”

她啜泣起来，任由博士拉着她往前跑。博士在通道的尽头打开大门，两个人冲进了胡若拉清冷的夜里。在他们的头顶上空是漫天的星辰，而在他们的正前方则是巨大而醒目的蓝盒子——塔迪斯。博士顿时松了口气，高兴得差点叫出来。

鲍曼看着戴立克滑过塔架，带血的嘴角上露出冷酷的微笑。它们还没发现他。他靠在控制面板上，用一只手握着手动超控杆。控制装置上的指示灯忽明忽灭，可怕的红光一阵阵地照在他的脸上。

“**警报！**”打头的戴立克尖叫道，“**发现人类囚徒！**”

博士和科拉尔跌跌撞撞地走向塔迪斯。

“站住！消灭！”

他们听见从身后传来戴立克的声音，以及死亡射线刺耳的嗖嗖声。博士跑成“之”字形，把科拉尔推到前面。巷子里充斥着闪光，空气中弥漫着灼热刺鼻的臭氧气味。

“快跑！”博士吼道。

“钥匙呢？”

“钥匙怎么了？”博士抬起手，把闪着微光的钥匙插进塔迪斯的锁孔里。警亭大门突然打开，两个人冲了进去。

戴立克聚集在鲍曼周围。

他站在那里，虽然重心不稳，但傲然挺立，沾满鲜血的手还握着控制杆。鲍曼对包围着他的戴立克露出挑衅的笑容。

“永别了，混蛋。”他拉下了控制杆。

一瞬间，整个世界震动起来，就好像有一枚巨锤狠狠地击中行星深处。从遥远的地底传来巨大的回声，轰鸣声随着不可阻挡的连锁反应而变得越来越大。

最后，随着基地的强烈震动，戴立克全都摇来摇去，不停地抖动着。一块块生锈的金属从天花板上落了下来，塔架发出可怕的嘎吱声。在地底深处，一道绿光突然亮了起来。

“紧急情况！紧急情况！”戴立克喊道，**“撤退！”**

鲍曼大笑不止。

博士绕着塔迪斯的控制台不停地打转。他现在没时间回答科拉尔的问题，比如，如此小的盒子里为什么有如此大的空间。所以，她只好看他忙活。她抓住栏杆，张望着四周，呆呆地意识到一切都变了，变得令她无所适从。

“没时间了！没时间了！”博士咕哝道，手上的动作愈发让人眼花缭乱。他咬着牙，把双眼睁得大大的。地面在震动，抖得金属地板嘎吱作响。博士突然大喊一声“哈！”，松开了手闸。

中央立柱爆发出耀眼的青绿色光芒，呼哧呼哧的奇怪声音充斥着主控室。

“哦耶！”博士吼道，“来吧！”

戴立克惊慌地尖叫着。由于连锁反应点燃了底部的燃油，耀眼的绿光——伴随着低沉的轰鸣——猛地变亮了。一阵强风从底下吹了上来，但鲍曼坚持睁着眼睛。

他这辈子从来没有退缩过。他要亲眼见证死亡的到来。

可他却看到一个蓝盒子凭空出现在眼前。在即将爆炸的刺眼绿光中，他很难看清楚那是什么东西，不过它看起来像是……

警亭的门打开，科拉尔在门口朝他伸出手。

戴立克指挥官看到眼前的情景，把枪杆转过来喊道：“消灭！”

鲍曼吸了口气，猛地扑进塔迪斯里。大门在他身后轰然关闭，戴立克的死亡射线只击中了空气。就在这瞬间，整座基地毁灭性地蒸发了。

行星撕裂开来，北极星站在最初的爆炸中消失殆尽。上一秒，它还是那个由岩石、金属和塑料组成的城镇；下一刻，它就成了一团气态原子。爆炸产生的裂口喷射出发光的放射线，火光直冲云霄。地底的油仓碎片和石块像成百上千吨的弹片一样以超音速的速度飞散出来。悬浮在北极星站上空的戴立克舰队用防护力场吸收了第一股爆炸波，但没能承受住近距离的猛烈冲击。

在巨大的冲击力下，“消灭者号”的船体开裂。其内部的中子反应堆超负荷运转，造成了上千处二次爆炸。整艘飞船支离破碎，内部完全暴露出来，边缘还喷射出火焰。紧接着，巨型圆盘向一侧倾斜，一开始速度很慢，随后，越来越快地滑入下方灼热的深坑。

“消灭者号”因坠毁产生了最后一次爆炸，第二道连锁反应把周围的护卫舰全部卷了进去。每艘飞船都像闪光灯泡一样爆发出耀眼的亮光。

在七光年之外，爆炸的火光依旧清晰可见。

24

这是地球上美好的一天。在银色的高塔和走道之上，飞天汽车和远处的太空船从伦敦蔚蓝的天空中掠过。阳光洒在威斯敏斯特大教堂的金色尖顶上，反射的光芒从保护力场的圆球里透了出来。

博士站在塔迪斯旁边，等待着鲍曼和科拉尔。他们已经在地球司令部的总部待了大半天了，而博士跟他们约好在这里碰头。他有点想扔下他们独自离开，直接消失不见，再也不回来。他想跑到另一个时代的其他什么地方去，相距一百万年之久，相隔一百万英里之遥，看看那里会发生些什么。

可是，有什么东西迫使他留在了这里，把这件事做到底。有什么东西存在于他的意识深处，连他自己也说不上来。可能是留存的同伴之情，也可能是因为鲍曼和科拉尔在这场冒险中失去了亲密的朋友，而博士成了他们和亡友之间最后一道纽带。他们拥有共同的回忆和经历。他们之间存在着友情。

公园里人来人往，夏日的阳光把当地居民都吸引到了户外。

有些事永远不会改变。男男女女从工作的压力中暂时逃离出来，在走道上惬意地漫步。孩子们在草地上玩耍。博士隐约分辨出了他们尖厉而兴奋的声音。那群孩子在玩战争游戏，对着彼此大喊“消灭！消灭！”和“你死了！”之类的话，以及必然会跟着一句“我没死，你打偏了！”。

博士微笑着摇了摇头，感叹人类永远不会停止对战争的热爱。

“我还以为你早走了。”一个粗哑的声音在他身后响起。

说话的人是鲍曼。他遍体鳞伤，拄着拐杖站在那里，粗犷的脸庞显得很苍老。科拉尔跟他在一起，挽着他的胳膊。

“我没走。”博士说，“地球有种奇怪的魔力，我好像怎么也离不开这里。”

“别扯了。”鲍曼低声说，“你真正的理由是什么？可别说你根本不想开着那台塔迪斯直接离开。你到底是为了什么留下来？”

博士耸耸肩，“不知道。可能是还有事情没做完吧。你们怎么样？”

“挺不错。戴立克舰队彻底乱了套，‘消灭者号’的损失让它们大受打击。一切想要使用时间旅行技术的计划都落空了。至高戴立克的时间研究小组和胡若拉上的所有东西一道送了命。”

“那很好。戴立克监狱呢？”

“地球司令部派了一个中队的战舰过去，准备夺取阿克海恩，解放囚徒。”

博士看着那群玩耍的孩子，“那一定又是一场恶战。”

“对。”

“他们想让鲍曼去指挥作战。”科拉尔把他挽紧了些，“但他拒绝了。”

“我太老了，不再适合做那种事。”老兵的脸上闪过一丝悔恨和痛苦的表情，“不过，这是科拉尔的说法。此外，我还有更值得做的事情呢。”

“他要带我去见他的父母。”科拉尔说。

博士笑了起来，“你这家伙！”

“得开始做些收尾工作了。”鲍曼说，“地球司令部完全赦免了我，看来我又一次救了他们的命。现在该回家看看自己的家人了。”

“我真替你高兴。”

没人提起斯黛拉、史克鲁姆和卡丁艾吉。因为他们都知道，这些死去的同伴将留存在他们的心中，留存在微笑背后的沉默中。

“好吧，说到收尾工作……”博士开口道，“我自己也有些收尾工作要做，还得把塔迪斯带回正确的时间线。”他跟鲍曼握了握手，轻吻了科拉尔的脸颊，然后抬起手出乎意料地敬了个礼，转身走向塔迪斯。

尾　声

这是一颗被人遗忘的行星。

这里布满灰尘，支离破碎，笼罩在无尽的黑暗中。没有任何东西，也没有任何人来过这里。

在胡若拉的地底深处，在曾经是宇航基地的巨大的焦黑深坑底下，只剩一片死寂，周围没有任何生命迹象。

但在更深处的岩洞里，在油仓残骸底部的裂缝里，有一堆黑色和金色的碎片——戴立克 X 在烧伤、变形和破裂后唯一残存的部分。生命维持系统摔得粉碎，控制箱也裂开了。顺着电线看去，里面的生物躺在岩石上，在黑暗中微微抖动。

一道光在阴影里闪烁，戴立克 X 微微睁大模糊不清的眼睛，无法相信自己看见的东西。小小的岩洞里顿时充斥着呼哧呼哧的巨大响声，一个老旧的蓝色警亭在黑暗中现形。

博士穿着长风衣从塔迪斯里走出来，主控室的光芒照亮了戴立克审讯官残破不堪的身体。

“你……定位……了……我的……信号……”戴立克 X 发出

嘶哑的声音。

“对，那太简单了，”博士坐在石头上，“不过没有人理会那个信号。你已经完蛋了，阿克海恩也不复存在，上面的囚徒都得到了解救，戴立克全被消灭了。当然，这多亏了太空军少校鲍曼，地球司令部占了上风，你们的前线一片混乱。你被打败了。”他顿了顿，“我来就是想通知你一声。”

“至高戴立克……”

“哦，它已经当你死了。另外，我怀疑就算你在经历了这一切后真的回去了，它也不会轻易原谅你。老实说，你最好还是待在这底下。”

“阿克海恩之门呢？”

“封上了。拥有塔迪斯的时间领主就是有这点儿优势，有时候能做些这种收尾工作真不错。时间裂缝没有了，我把它给缝好了。”

“非常……缜密。你……大获全胜。”

“还差一点儿，”博士抿着嘴唇皱起眉，“因为还有你。你还在，还活着。你当然知道该怎么坚持活下去，这点我毫不质疑。”

“辐射会让我活下去……”

“对，我说这里怎么有股味儿呢？”博士皱起鼻子，“无所谓，反正辐射不会给困在这里的你带来什么好处。由于辐射隔离，胡若拉的周围出现了通信屏障。至少得等五千年才会有人听见你的呼救，恐怕你和你的电池都撑不了那么久。”

“我会想办法的。”戴立克 X 怒视着博士，“我会活下去！戴立克永不言败！”

博士摇摇头，“你还看不出来吗？你就是没明白，戴立克永远都不会成功。永远不会。因为你们从不吸取教训，从不接受最简单的事实——宇宙中的其他每一种生物都比你们更好。”

“不对！戴立克才是至高无上的存在！”

“全宇宙没有任何生物自愿成为戴立克，这难道不能让你认清一些事实吗？你说说看？”

戴立克 X 没有回答。

博士站起来，准备离开这里。

“博士！”戴立克 X 喘着气说，“你会因没有毁灭我而走向末路。我会一路追杀你！”

“行，好吧，祝你好运。”博士在塔迪斯的门口停下来，全身沐浴在金色的光芒中。他冷漠地说：“我会等着你。”

塔迪斯的门在他身后合上，警亭渐渐消失在空气中。

戴立克 X 留在那里，目不转睛地凝视着黑暗。

致　谢

首先，我要感谢我的家人——如果没有他们，这本书写起来就不会那么有趣和有意义。我还要感谢老伙计彼得·斯塔姆——他从来都不相信这本书可能会一团糟，无论我怎么警告他都没用。

接下来我要感谢的人是（不分先后顺序）：贾斯廷·理查兹、史蒂夫·特赖布、拉塞尔·T. 戴维斯、史蒂文·莫法特和加里·拉塞尔，以及卡迪夫的所有工作人员。感谢他们所做的一切，而且做得棒极了。感谢他们邀请我创作这个故事，还让我有机会玩了一把神秘博士手办。

既然提到了戴立克，我理应对特里·内申和雷蒙德·P. 库斯克表示由衷的感谢。我还要感谢在过去四十五年里为戴立克的故事添砖加瓦的所有作者、设计师、演员、艺术家和技术人员。谢谢你们。

最后，我要感谢大卫·田纳特。他是一位杰出的博士，将活在孩子们的心中与脑海里，陪伴他们度过一生。